« Sachez que les enfants sont plus jeunes
que les vieillards ».

Erik Satie

Sommaire

Je l'avoue, je suis un voleur.

Pendant qu'elle était en voyage, je me suis introduit chez la sorcière à l'aide d'une fausse clé. Je n'ai rien trouvé d'intéressant, à part ce carnet bourré de fariboles. Je l'ai emporté. Je l'ai caché dans ma chambre, mais il y a des jours où il sent tellement mauvais qu'on pourrait le découvrir à l'odeur. Je me demande si je ne ferais pas mieux de m'en débarrasser. Je vous l'envoie. Lisez-le. Si vous estimez dangereux de le publier, brûlez-le.

Je vous salue bien,

P.S. On peut essayer de le vendre, mais j'ai constaté, à le toucher, qu'il m'était venu des boutons aux doigts. Je ne sais pas si le livre imprimé fera le même effet aux lecteurs. Peut-être faudrait-il en recommander la lecture avec des gants ?

Liaisons mal-t-à propos

La création du monde

Quand Dieu eut créé le monde, au soir du sixième jour, il était assez las. Il appela un angelot :

– À toi de jouer, mon petit ! lui dit-il. Fabrique-moi quelqu'un.

– Quelqu'un ? fit le gentil angelot. Vous voulez dire : un homme ?

– Oui. Un homme. Et un important si possible.

– Comment ferai-je ? murmura l'angelot.

– Je te prête ma baguette magique, lui dit Dieu.

Il ferma les yeux pour prendre un peu de repos. L'angelot demeura perplexe. Il souleva la baguette et murmura :

– Baguette, fais-moi un nain portant.

Il n'avait pas bien compris la commande. En tout cas, une espèce de gnome mal fichu apparut, qui ne ressemblait pas à grand-chose. Dieu rouvrit les yeux, surpris :

– Qu'as-tu fait ?

– Un nain portant, répondit l'angelot. Mais je ne sais pas ce qu'il doit porter.

– Mais c'est n'importe quoi ! s'écria Dieu.

– Ah ? dit l'angelot naïf. C'est le nain Portekoi ?

– Ah mais, s'interrogea Dieu, cet angelot serait-il un impertinent ?

– Moi ? Un nain pertinent ? Oh non !

Dieu sourit alors avec indulgence. Il reprit sa baguette magique :

– Retire-toi, dit-il. On n'est jamais mieux servi que par soi-même. J'achèverai mon travail tout seul.

L'angelot s'en alla. Mais le nain Portekoi attendait, biscornu tout nu. Et justement, la veille, Dieu avait distribué des pelages aux animaux de la Terre. Il ne lui restait qu'une petite fourrure sans valeur qu'une bête avait négligé de retirer.

– Aux grands maux les grands remèdes! dit le Créateur en attrapant une paire de ciseaux.

Il coupa un morceau de fourrure pour le nain :

– Ça te fera au moins un caleçon...

– Merci, répondit le nain Portekoi qui n'était pas gros.

Il partit content.

C'est ainsi que le babouin, en retard, reçut le lendemain une fourrure écourtée, et qu'il garda toujours les fesses nues. On peut le voir encore au zoo, le derrière à l'air et tout rouge. C'est à cause du nain Portekoi.

Les liaisons jouent parfois de vilains tours, mais pas tant que les lésions, avec lesquelles il ne faut pas les confondre. Tous les collégiens connaissent ces vers fameux :

«Car ce n'est pas régner qu'être *deux à régner»* *(Corneille)*

«J'en sortirai du camp, mais quel que soit
[mon sort
J'aurai montré du moins comme
[un vieill*ard en sort*!» *(Hugo)*

Prudence, donc! Et si vous êtes z'ému...
[vive Zému!

Pair-impair
UNE SORCIÈRE INTOLÉRANTE

Une sorcière intolérante souhaitait chasser sa voisine. Elle attrapa un stylo et son cahier. D'un trait, elle écrivit ceci: «Que la chère petite voisine du dessous glisse sur la première peau d'orange qui traînera.»

Justement, la voisine quittait l'immeuble d'un pas rapide. Notre sorcière lui courut après discrètement. Des passants flânaient, achetaient des fruits aux marchandes des

quatre saisons : pommes, bananes, poires, oranges. Ah ! Une dame épluchait patiemment une orange amère ! Elle abandonna la belle peau d'agrume sur la route.

La voisine venait, son panier au flanc. Elle descendit du petit trottoir. Son pied droit vint écraser le végétal ! Ce qui devait arriver arriva. L'infortunée voisine glissa, déséquilibrée. Elle tombait en arrière dangereusement quand un agent bondit à la rescousse, la retint dans ses bras.

– Zut ! cria notre sorcière dépitée.

Elle avait raison, car la voisine et son beau sauveur se regardaient maintenant avec des

yeux d'amoureux. Ils ne s'occupaient pas du monde alentour. À coup sûr, cela s'achèverait par un mariage. Notre sorcière furibonde cracha sur le sol et regagna vite son cher appartement : elle avait désormais DEUX voisins !

Compris ? Pas compris ?

L'histoire fait obligatoirement alterner les mots pairs et impairs : un mot comportant un nombre pair de lettres / un mot comportant un nombre impair de lettres, etc. Vérifions le début du conte :

Une sorcière intolérante souhaitait chasser
i p i p i
sa voisine. Elle attrapa un stylo et son cahier...
p i p i p i p i p

On aurait pu se contenter de ne jouer que sur les noms communs.

Exemple :

Le cycliste *roulait trop vite, un* agent *l'a*
pair impair
arrêté d'un coup *de* sifflet. *Il lui a fait une*
pair impair
réprimande *et lui a demandé ses* papiers...
pair impair

(à suivre, si vous voulez...)

On aurait pu décider pour simplifier qu'une phrase comporterait par exemple un nombre pair de mots, la suivante un nombre impair, la suivante un nombre pair, etc. Exemple :

Le diable détestait franchement la musique. (Nombre pair de mots) *Il sortit de terre une nuit pour détruire tous les instruments.* (Nombre impair de mots) *Il commença par les cloches de la cathédrale.* (Nombre pair de mots) *Il les jeta par terre.* (Nombre impair de mots) *Le vacarme éveilla toute la ville.* (Nombre pair de mots) *Lorsque les premiers curieux arrivèrent, ils trouvèrent les cloches brisées sur le parvis.* (Nombre impair de mots) *Continuez donc…*

L'art d'accommoder les noms communs :
masculin/féminin

UNE SORCIÈRE AFFAMÉE

La *sorcière* envoya son *chat* rouler sous la *commode* d'un *coup* de *savate* au *croupion.*

– Tu m'empêches de réfléchir, sale *bête* ! grogna-t-elle.

Puis elle attrapa un *miroir* et le posa sur la *table.* Elle s'assit sur un *tabouret* pour mieux voir sa vilaine *trogne* verte dans le *miroir* :

– Ah ! dit-elle, satisfaite. À deux on réfléchit mieux.

– C'est la *vérité,* admit le *miroir,* en lui renvoyant une *image* couverte de *boutons.*

– Parlons donc, dit la *sorcière.*

– Quel est le *problème* ?

– Je me demande quoi mettre dans mon *assiette* ce *soir.* Il n'y a plus de *grenouilles* dans le *bassin*, plus de *souris* au *grenier*, plus *d'araignées* au *plafond* de ma *chambre*. Que mangerai-je ce *soir*? J'ai une *faim* de *loup* et les *dents* qui claquent dans le *vide* comme des *castagnettes* !

– Voyons voir, dit le ***miroir.*** Faisons une *tournée* d'*horizon*.

Des *images* apparurent dans le *miroir*. La *chambre* défilait sous les *yeux* de la *sorcière* comme si un *cinéaste* avait promené sa *caméra* partout dans *l'appartement*. La *sorcière* observa les *recoins* de sa *chambre*, du *salon*, de la *cuisine*, du *placard* même. Soudain *l'image* s'immobilisa.

– Là ! Le *chat* derrière la *baignoire* ! s'écria le *miroir*.

La *vision* était nette. Le *chat* terrorisé se cachait derrière la *baignoire*, les *poils* hérissés. La *sorcière* fronça les *sourcils*. Elle fit la *grimace* en grognant :

– C'est vrai qu'un *chat*, ça se mange...

Et elle appela d'une petite *voix* qui se voulait amicale :

– Minou ! Minou !

Elle avait attrapé un grand *couteau* sur la *table* et le dissimulait derrière son *dos*. Elle se dirigea vers la *salle de bains* en appelant :

– Minou ! Minou !

Mais le *chat* n'était pas né de la dernière *pluie*. Il bondit sur le *rebord* de la *fenêtre* et sauta dans le *jardin*. La *sorcière* hurlait des gros *mots* par la *fenêtre* en brandissant son grand *couteau*. Elle criait tellement qu'elle finit pas perdre la *voix*. Elle avait un *chat* dans la *gorge*, et tout compte fait c'était bien ce qu'elle avait voulu, n'est-ce pas ?

Tous les noms communs de l'histoire se suivent en alternant masculin et féminin. On pourra s'amuser à rechercher des phrases respectant cette règle dans des livres :

« Quand on passait, les chiens *n'aboyaient pas, les* pintades *s'enfuyaient sans crier. À* l'intérieur, *pas une* voix *! Rien, pas même un* grelot *de* mule... » *(A. Daudet – « L'Arlésienne »)*

Mais le jeu le plus gratifiant consiste à produire des phrases soi-même. Il faut sélectionner ses noms communs en même temps qu'on développe la (ou les) phrase (s), et faire avec. Commencer par écrire ce qui passe par la tête, sans se soucier du sens :

« Le cheval *mangeait des* saucisses *en lisant son* journal *à la* terrasse *d'un* café. »

L'art d'accommoder les noms communs :
par leurs lettres extrêmes

Du vent !

La sorcière descendit de chez elle comme l'éclair en glissant sur la rampe et en criant mieux qu'un épouvantail. En passant, elle renversa une locataire qui montait les escaliers avec un sac plein de carottes et de salsifis. La sorcière sauta comme un éléphant à terre en faisant trembler les étages. Une sportive !

Elle prit son élan et, avec noblesse, sortit en glissant sur ses escarpins comme sur des skis nautiques. Elle ne manquait pas de sang-froid, car, en voyant surgir deux demoiselles, elle passa par-dessus à saute-mouton.

Elle se retrouva à l'extérieur, dans la rue. Elle ouvrit son éventail et se mit à l'agiter comme une lady. Elle s'en servait un peu comme d'un yo-yo et c'était bizarre. Mais on ne tarda pas à comprendre quand un ouragan se leva bientôt. Il faisait la navette comme l'épouvantail ! Il soufflait comme un lance-pierres dans un sens et soudain en sens inverse. Il renversait tout comme un sanglier dans les rues ! La sorcière riait en agitant l'éventail magique. Pfffou ! Pfffou ! Les lampadaires tremblaient. Les spectateurs fuyaient, les secours arrivaient péniblement, une vraie science-fiction ! Des nuages noirs couraient dans tous les sens alternativement, d'affreux stratus ! Un fantastique sabbat ! Les tuiles volaient comme des sauterelles dans la sierra ! Les antennes se tordaient ! Pfffou ! Pfffou ! Le souffle soulevait les éventaires du supermarché, poussait devant lui les épiciers, les soldats, les sans-abri, les instituteurs et les starlettes, les scaphandriers et les sous-préfets ! Il renversait les statues, jetait les stocks du savetier dans la rue : escarpins, souliers, semelles, et même les sabots, tout y passait !

La sorcière riait. Pfffou! Pfffou! faisait l'éventail, et les lamentations venteuses répétaient Pfffou! Pfffou! dans les strato-cumulus! Toutes sortes de saletés filaient comme des soucoupes dangereuses au-dessus du sol! Elles percutaient les limousines et les renversaient dans les stations-service. Les estafettes faisaient des embardées, abattaient les stands et les catapultaient dans les structures fragiles des succursales bancaires. Les sous s'envolaient, c'était gigantesque! Pfffou! Pfffou! Ssss! Ssss! Les sifflements du simoun affolaient les négociants qui avaient verrouillé les serrures. Le saccage était incroyable. Un expert lui-même n'aurait pu l'évaluer. Des toitures avaient été éventrées par le sirocco infernal, et l'ouragan ne cessait de tonner dans les nuées.

Alors la sorcière s'arrêta, referma son éventail. Elle repartit pour chez elle en sifflotant comme un loustic, et les cataclysmes cessèrent. La sorcière souriait, apaisée, en slalomant entre les entassements de saletés accrochées comme des spaghetti aux immeubles. Elle soupira :

– Un petit souffle frais sur l'estomac, c'est agréable par ces chaleurs !

L'exercice est périlleux. Il consiste à enchaîner les noms communs (et eux seuls !) par la dernière et la première lettre.

Examinez le début du conte :

« La sorcière *descendit de chez elle comme l'*éclair *en glissant sur la* rampe *et en criant mieux qu'un* épouvantail.

En passant, elle renversa une locataire *qui montait les* escaliers *avec un* sac *plein de* carottes *et de* salsifis... »

Vous voyez ? SorcièrE-ÉclaiR-RampE-ÉpouvantaiL-LocatairE-EscalierS-SaC-CarotteS-Salsifis...

Essayez, sans souci du sens :

« Un RenarD effraya une DanseusE avec une ÉgoïnE. »

L'art d'accommoder les noms :
noms communs/noms propres

AU CIMETIÈRE

Au *château* de *Vincennes* se terre un *vampire.* Parfois, il survole *Paris* et se pose au *cimetière* du *Père-Lachaise.* Il se juche sur la tombe de Victor Hugo ou sur le caveau des Dupont. Il reste dans l'ombre en fredonnant du Wagner. Il attend des proies, généralement des Parisiens curieux et téméraires qu'il surprend dans les sentiers. Il s'appelle Dracula, comme son grand-père, et il vient des Carpathes comme lui. Ses ongles sont plus longs que ceux de

Freddy. Ses yeux luisent comme à Venise les lanternes que Casanova fixait autrefois à sa gondole. Dans la nuit, comme le Sphinx, cet affreux monstre attend. Lucifer lui-même reste sous terre lorsqu'il est là. Paris, tout autour, se pare de lumières, la tour Eiffel s'illumine, et les gargouilles de Notre-Dame s'envolent au crépuscule au-dessus du Louvre, ou avec les chauves-souris au-dessus de la Seine. Le vampire, lui, attend en ronronnant comme Anubis. La lune se lève. Monsieur Dubois, le concierge du Père-Lachaise, s'enferme dans sa maisonnette, rue du Repos, en robe de chambre de chez Cardin. Il barre ses volets. Il aime mieux entendre crier Johnny Hallyday dans son téléviseur que l'Ankou dans les allées. Et si Tartempion s'est perdu, le gardien s'en moque. Le Père-Lachaise est bouclé, le vampire peut y faire ce qu'il veut!

Règle simple, mais jeu difficile : alterner noms communs et noms propres dans le texte. On se contentera d'écrire, pour commencer, à raison d'un nom propre par phrase, sans tenir compte du nombre de noms communs…

Pour se venger des noms communs :
le nom-valise
UNE LETTRE DE CÉLESTIN BRÉ

« Chers enfanfarons,

En arrivant dans le jardindonneau sur ses patintamarre à rouléthargique, la doctorespérance éprouva un ravissementeur. Autour d'elle fleurissaient les tulipopotames aux pétalismans chatoyants, le muguet-apens odorant, les margueritournelles simplettes. À l'écart-naval, des poireaudhodendrons et des saladmiratives poussaient auprès des tomathématiques le long du grillagité.

La doctoresplendissante s'avança en gazouillant, une vipaire de ciseaux-de-Vincennes à la main, sans doute pour tâcher de se faire un boukérosène. En passant, elle capturait des hannetombolas et des doryphormidables sur les pommes de terminus. Elle s'extasiait. Sa gaietéléphone répondait aux sifflemandarines des sansonnets-entrez qui picoraient des bigarromantiques au faîte des malchancerisiers.

La doctorespiration s'approchait des massiffloteurs en sautillant, avec ses ciseauzoteurs. Le jardi*niais* ne l'avait pas repérée. Ce gros bétamanoir arrosait les radis-bonjour-à-la-dame et lui tournait le domino.

Alors, prenant son élanpadaire, la doctorescapée bondit et d'un coup de ciseaudiaque trancha les bretélévision du bonhomnivore !

Puis, tandis que le pantalongitude du nigaudriole tombait autour de ses brodequinquagénaires, elle s'enfuit en riant comme une démenthe-à-l'eau. Sans nul doute, une mouche-ton-nez l'avait-elle piquée, car elle écartait les bras pour s'envoler – sans succélérat. Trois médecinpathiques la poursuivaient avec une camisol-la-si-do de force, tandis qu'une ambulance-torpille stationnait dans l'avenudiste, gyropharmacie allumée.

Moi, je regardais ça du haut de mes échasse-à-courre et je prenais des photographilosophes pour « Télé-blabla ». Mais comme la doctoresquimau n'était ni une princessez-le-feu ni une vedette de jeu, je n'ai pas vendu les photopinambours. Si vous les voulez, je vous ferai un prix d'aminuscule.

Recevez, en attendant, mes salutationsscions du bois. »

Il s'agit ici de transformer (presque) tous les noms en noms-valises, sans nuire au bon déroulement du récit.

Exemple : photogra | *phie* |
phi | *losophe = photographilosophe.*

Il faut écrire ces noms-valises en MÊME TEMPS *que l'histoire, de sorte qu'ils portent l'aventure.*

ATTENTION, cependant : il est indispensable de s'entraîner à lire ensuite le conte écrit sans hésitation. Ce n'est qu'à ce prix qu'il passera bien auprès de ceux qui l'entendront.

On peut se contenter de modifier de la sorte un texte en prose ou quelques vers d'une poésie :

« La cigalipette ayant chanté
tout l'été-à-la-menthe... »

(La Fontaine)

Continuez !

Avec un peu d'entraînement, on utilisera des

mots composés ou des expressions : « princessez-le-feu », « radis-bonjour-à-la-dame », *ou, plus malin :* « sansonnets-entrez » *(entrez sansonnets : entrez sans sonner !)*

Les futés enchaîneront plusieurs mots : « éléphanfarondelle de saucisson ».

Écriture phonétique
KOURIÉ DIABOLIK

La sorcière écrit à une amie :

« Cherre vieille bik,

Merkredi, pour alé à lassamblé dé Bourrik, javé astiké mon balé avec de lankostik, il été komme neuf.

Jé pri mon sakamin. Dedan, javé mi mon karton dinvitassion é dé kado pour lé kopine.

Mon balé été si légé kil sé anvolé komme un moustik. On sé pozé sur la plasse publik où lé zautre Bourrik été rassamblé. Jé kongratulé lé kopine an leur dékochan dé koudpié oku é dé koudkoude danlbide.

On sé inssetallé dans un bissetro et on a échangé lé kado. Jé dissetribué dé bissekui à fondre lé kanine de ceu ki lé kroke ; il zon u bokou de sukcé.

On ma refilé en échange des zariko magik a ankikiné lé zabitan. Komme un reuportère été venu fotografié le kollok, on lui an a donné. Il sé mi à dégoizé tou lé sekré kil savé. Il avé sussé lariko à dire la vérité. Il a tou rakonté sur le Présidan dla Républik é lé zomme politik. La polisse é venu lambarké. Cété komik. Surtou kan jé donné o flik dé karamel à chanté. Il son reparti dan leur véhikul an gestikulan é an krian dé muzik mal korrecte. Tou lé zabitan du kartié été o balkon à rigolé. La polisse leur feuzé dé piedné é dé bradonneur.

Nous zavon élu une nouvelle présidante pour lanné avnir, é cé moi. Jé offerre à toulmonde un kou dalkol de patate é on a dansé le rok. On sé bien amuzé.

Bon. Je te kitte, cherre vieille bik.

(Au ka où kelkun ouvriré ma lettre avan toi – par egzample un fakteur ou une fakteuze – je mé dans lanvloppe un mikrobe de koléra. Komme sa on é trankille. Sil surpran ski ne le regarde pas, il amportera le sekré au cimmetierre. Sa lui apprandra à ne plu être kurieu.»)

Le jeu? Écrire ce qu'on entend sans respect pour l'ortograf. Plus les fautes sont grosses, plus c'est drôle. Le grand spécialiste de ce détournement était le peintre Jean Dubuffet:

«Plu kifekler moinkon nivoua»

«Ia lé pome deutaire pourfer la puré»

«Germarequet quia pamale deujan quisse praumaine»

«Jédesmel aveke déclou pourpa dérapet danlé zandroua anpante»

Un conseil, pourtant: ne jamais écrire comme

cela en classe. Les instituteurs et les professeurs ne supportent pas : cé épidermik chézeu.

(À cette rubrique phonétique, proposons la réécriture « à peu près » *d'un texte, comme fit R. Queneau dans* Exercices de style *:*

« Ange ouvert m'y dit sur la pelle à deux formes d'un haut obus... »

Traduction : « Un jour, vers midi, sur la plate-forme d'un autobus. »

La lecture est fastidieuse. N'abusons donc pas, et contentons-nous de modifier une phrase ou un vers. Exemple ?

« Une infâmie déguise huit maîtres... »

(Desnos :

« Une fourmi de dix-huit mètres »)

Style télégraphique
Une déclaration d'amour

Allô ! Allô ! Moi sorcière, toi morveux. Moi appeler toi parce que moi aimer toi beaucoup. Moi vouloir marier toi. Si toi d'accord, toi dire à moi et moi prendre rendez-vous avec le maire. Si toi pas d'accord, toi dire à moi aussi, mais toi filer vite fait avant que moi transformer toi en poteau indicateur de sens interdit à la sortie de l'école. Si toi hésiter, toi tirer à pile ou face. Moi prêter toi pièce à deux piles ou pièce à deux faces si toi pas pouvoir décider toi. Si toi tomber sur pile, toi marier moi, et si toi tomber sur face, pareil.

Si toi préférer parce que toi pas aimer moi beaucoup, moi pouvoir changer toi en poteau indicateur d'interdiction de stationnement plutôt qu'en poteau indicateur de sens interdit.

Moi laisser toi choisir parce que moi très éprise de toi. Moi donner toi trente secondes pour répondre à moi. Si dans trente secondes toi pas répondu, toi rester planté pour toujours au bord du trottoir. Automobilistes détester toi. Moi aussi. Maintenant, moi compter jusqu'à trente : un-trois-six-dix-treize...

Cette déclaration imite les premiers dialogues de Tarzan et Jane au cinéma. Autrefois, les gens s'envoyaient des télégrammes et comme on payait plus ou moins cher selon le nombre de mots contenus dans le message, on se privait volontiers de certains !

Évidemment, cette nécessité a vite servi de jeu. Lisez ce début de poème de Jean Tardieu :

«Moi jamais content rester même chose
moi toujours partir nouveau
fuir ennui du toujours même»...

Récréation abécédaire
I.N.É.O.K.π

Le titre sonnait comme un avertissement!

«L.F.H.É. la sorcière!» Forcément!

L.H.A.U.T.É.L.C. la C. à la fin!

N'empêche que j'ai trouvé ce bout de papier dans son carnet. Je crois que c'est une fable.

Vous pouvez l'apprendre par cœur et

. 

.T. en détachant bien les sons.

Succes garanti!

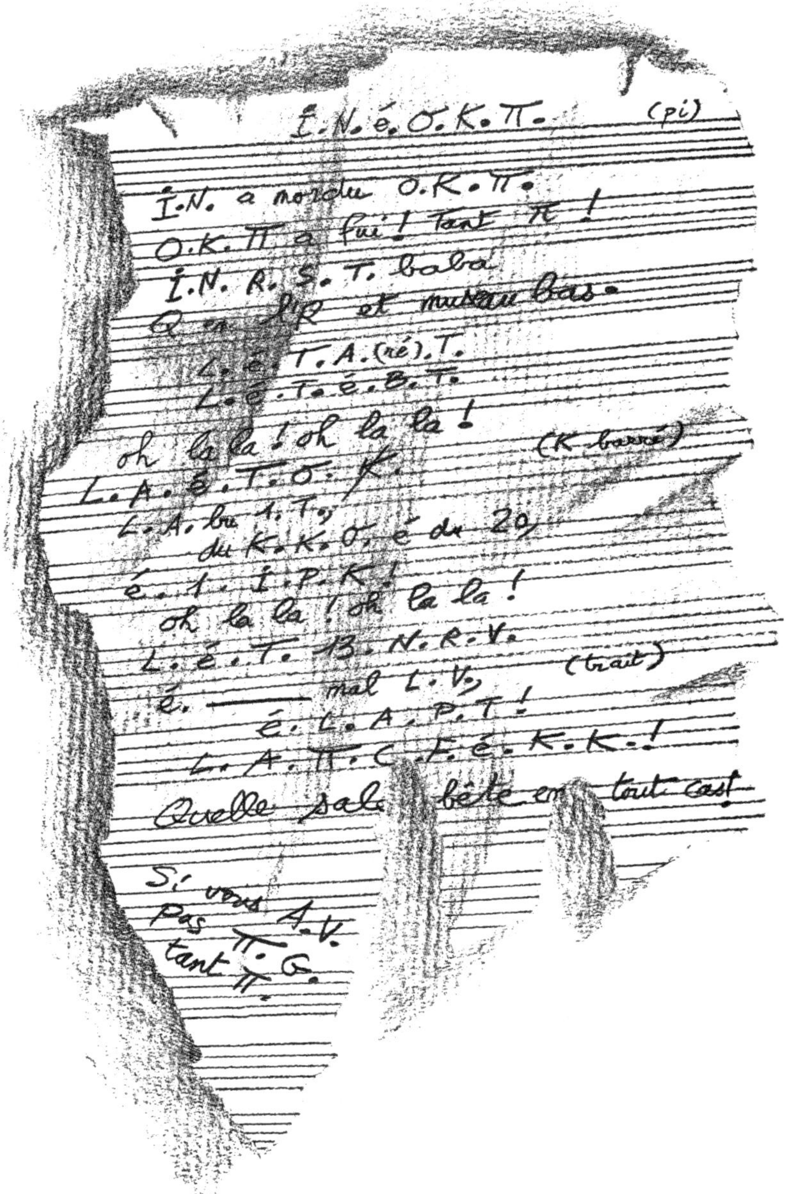
I.N.é.O.K.π. (pi)
I.N. a mordu O.K.π.
O.K.π a fui ! Tant π !
I.N. R.S.T. baba
Q a lIR et museau bas.
L.é.T.A.(ré).T.
L.é.T.é.B.T.
oh la la ! oh la la !
L.A.É.T.O.K. (K barré)
L.A. bu 1.T.,
du K.K.O, é de 20,
é.1.I.P.K !
oh la la ! oh la la !
L.é.T. 13.N.R.V.
é. —— mal L.V., (trait)
é.L.A.P.T !
L.A.π.C.F.é.K.K. !
Quelle sale bête en tout cas !
Si vous A.V.
Pas π.G.
tant π.

Des pépites latines dans le texte

DURA LEX, SED LEX!

(La loi est dure, mais c'est la loi!)

Pour Aline

«Tu ne sais pas ce qui m'est arrivé au Muséum d'histoire naturelle où j'étais entrée gratis?

Je consultais l'index pour me repérer, et, a priori, rien ne devait poser problème, et d'ailleurs il ne me restait à lire que le nota bene, quand un tandem de policiers surgit, un petit gros et un grand maigre. Ce n'étaient pas des homo sapiens, et de visu, ils paraissaient agressifs. Le petit gros m'interpelle illico:

– Madame ! Où étiez-vous il y a une heure ?

Moi, je l'aurais bien envoyé ad patres. Mais je me modère vu qu'il y avait abondance de quidams alentour. Je lui réplique subito :

– J'étais au forum des sorcières en compagnie de mes alter ego. Pourquoi ? Y a-t-il un hic ? Vous désirez lire mon curriculum vitæ ?

Au lieu de chercher à dissiper le quiproquo, le petit gros s'excite :

– Quelqu'un peut-il confirmer votre alibi ? Une personne qui vous ressemble a volé la recette du Rex, et la vox populi vous accuse. Si le juge est sévère, vous écoperez du maximum !

– Mais, plaidé-je, j'étais au forum avec mes consœurs, et cætera et cætera…

– Pfff ! renifle le petit gros alors. Votre profession ne représente pas le nec plus ultra de la société ! Il fera plus beau qu'aujourd'hui quand je croirai une virago de votre espèce !

Veni vidi vici! conclut-il soudain comme César. Je vous arrête, ça me fera un bonus dans mon dossier!

Il était en plein delirium!

– Suivez-nous! m'ordonne mordicus son copain le grand maigre.

Alors là, je me suis rebiffée. C'était carrément un casus belli, une déclaration de guerre. J'ai crié:

– Tant pis! Alea jacta est! Et vae victis!

Je flanque mon poing sur le nez du petit gros entre les sinus. Ça lui a fait mal, je le reconnais, mea culpa. Il a roulé par terre, et je lui ai pété le cubitus droit d'un coup de brodequin clouté. Je lui ai crié la devise de ce vieux Pierre de Coubertin (requiescat in pace!):

– Mens sana in corpore sano! (Un esprit sain dans un corps sain.)

Et pour lui montrer ma sportivité, je lui ai écrasé un tibia.

L'autre olibrius, le grand maigre, se met à

vociférer comme s'il souffrait d'un infarctus. Il sort son pistolet. Errare humanum est! Je lui jette un sort et je le transforme en album de Tintin. Tintinnus tintinnum fricat! Paf! Un gamin le ramasse et le feuillette. Il s'en va avec, mais la voix du minus se faisait entendre à travers les pages, urbi et orbi :

– À moi! Mille sabords! Alertez les médias!

Le petit gros rampait sur le carrelage comme un Lombricus agricola. Que veux-tu, ce sont les aléas du métier! Et pour lui, c'était le terminus! D'un coup de pied judicieusement appliqué, je lui sabote le plexus. Il s'écroule. Vade retro et de profundis!

Le gamin s'éloignait pedibus, avec le grand maigre enfermé dans l'album ad vitam æternam. Il était content d'entendre parler sa B.D. recto-verso.

– Bis! Bis! il riait quand l'autre se plaignait ad libitum.

Et moi, je pensais a posteriori et grosso

modo que j'avais fait du bien à quelqu'un en faisant du mal à quelqu'autre et que le vie est compliquée. Vanitas vanitatum, et omnia vanitas! (Vanité des vanités, et tout est vanité.)

Pas de post-scriptum. »

Le jeu? Caser dans un texte des mots latins passés dans le français courant. Il y en a beaucoup. Il y a aussi des locutions latines, très employées. On en trouvera dans les pages centrales des dictionnaires.

(Il existe aussi un latin douteux appelé « latin de cuisine », et qui fait la joie des lecteurs d'« Asterix » !)

L'apocope
Soirée studieuse

Hier soir, j'aurais bien aimé regarder la télé. J'aurais vu les infos avec des catastrophes sensass, la météo et la pub avec ses effets spé et peut-être aussi un mag sur la musique techno ou la compil' d'un chanteur de rock. Après, j'aurais pu suivre un film de ciné avec des aventures super.

Au lieu de ça, j'ai dû réviser mes sciences-nat et ma géo, apprendre ma récite et finir ma rédac parce que les profs sont intraitables, vous voyez le topo ! J'ai même fait un problo de math et deux exos sur une feuille perfo. Qu'est-ce ça sera quand il faudra que je fasse des dissertes de philo pour préparer le bac ! Bref, il n'y a que le prof de gym qui ne donne pas de travail à faire à domicile. Il est sympa !

Quand je suis revenu au salon à l'autre bout de l'appart, le chrono avait tourné. Mon pater regardait un match de foot en sirotant un coke. Je lui ai dit bonne nuit, j'ai embrassé ma mère et je suis allé au lit. Mon père a promis – si j'étais réglo – de me donner le résultat du match demain matin au petit déj, avant que je file en mob au collège vu qu'il y a grève du métro. C'est déjà ça.

Jouer avec les apocopes est aisé. Le plus difficile, c'est de les capturer. De quoi s'agit-il ? En gros, d'abréviations utilisées dans le langage parlé.

Exemple :

« Je vais manger un bif (ou un steack) au restau », au lieu de : « Je vais manger un bifsteack au restaurant. »

Pour produire des phrases, il faut collectionner des apocopes entendues dans la conversation, ou à la télévision. On les groupe par thèmes, les phrases viennent toutes seules.

Exemple, à propos de vêtements :

« J'ai mis mon imper avec mes santiags pour aller au Mc-Do parce que mon duff n'était pas impec. »

Et les verbes, ça vous intéresse ?

COMMENT UN MORVEUX MALPOLI CAPTURER

Ce lundi 13 mai, dans la rue j'étais. Un gamin j'avais repéré. Un chewing-gum il mâchait. Parfois, des bulles roses il faisait claquer. Au bord du trottoir et les pieds dans le caniveau, il s'était assis.

Moi, je m'approchai. Autour de ma chevelure emmêlée, les mouches et les mites bourdonnaient. Parfois, sur les furoncles de ma face, elles se posaient. Mon plan j'avais.

Dans le Grand Dictionnaire des Injures, une insulte j'avais sélectionnée: «vieille toupie». Le dialogue j'entamai:

– Petit crasseux!

– Grosse tordue! le gamin répliqua.

Du répondant il avait. Les mains je me frottai.

– Trogne de chèvre! je dis.

La langue, le gamin me tira:

– Crâne de pipistrelle! il lâcha.

Et sa gomme rose il souffla, enfla, fit claquer. Mes cheveux sur ma tête se dressaient. Mais patience je gardai.

– Hurluberlu à pieds plats! avec mépris je dis.

Le morveux alors debout se dressa. La jambe gauche il souleva un peu et péta. La colère aux oreilles me monta. Toute rouge je devins. Mais les poings je serrai, et silencieuse je demeurai. Le gamin se rassit en me disant:

– Celui-là, bourrique, en vert peins-le!

Du talon par terre je frappai.

– Misérable larve ! je criai.

– Peau de grenouille ! il riposta.

Zut et zut ! L'insulte sélectionnée il ne prononçait pas ! « Vieille toupie », il fallait qu'il dise ! Pour l'instant, son chewing-gum caoutchouc il étirait. Dans la bouche il le refourrait. Comment des saletés pareilles manger pouvait-il ? Moi, franchement, les limaces je préfère. Le gamin derechef j'injuriai :

– Freluquet !

– Détritus ! il grommela.

Zut et zut ! Toujours pas « vieille toupie » ! Le guider je devais :

– Empoté !

– Patate !

– Ce morveux aucune intelligence n'a ! je grognai.

– Et toi ! il rétorqua. Le jour de la distribution de cervelle, avec un panier à salade tu as dû venir !

Grr ! Grr ! Toujours pas le mot ensorcelé !

Une idée me vint. Sur moi-même, sur la pointe des brodequins, à tourner je me mis.

Le gamin ricana :

– Pour une danseuse la sorcière se prend ! Hé ! Des pointes, tu fais ?

Patience. De plus en plus vite, je tournai. Les épaules le gamin haussa :

– Vieille toupie ! il fit.

Gagné ! Comme une statue il devient ! Mon cabas noir j'ouvre. Ma victime paralysée dedans je fourre. Ce soir, avec des rognons farcis aux chenilles je le dégusterai !

26 verbes en ordre alphabétique

LA SORCIÈRE ET LE PERCEPTEUR

Lorsque ses impôts AUGMENTÈRENT, la sorcière BONDIT chez son percepteur. Elle COMMENÇA par DÉMOLIR la porte d'entrée d'un coup d'épaule et ENTRA dans l'officine. Les employés FUYAIENT devant elle en GLOUGLOUTANT comme des dindons. La sorcière HURLAIT, S'INDIGNAIT

– Nom de diable ! JURAIT-elle. Ce percepteur, je le KIDNAPPERAI ! Je lui LACÉRERAI la couenne avec mes ongles !

Timidement, une secrétaire lui MONTRA la porte du bureau où NICHAIT habituellement le percepteur. La sorcière l'OUVRIT d'un coup de brodequin. Le percepteur se PELOTONNAIT dans un coin, vert de peur, le téléphone à la main pour QUÉRIR la maréchaussée. La sorcière le RAMASSA par le col de sa chemise.

– Et alors? SIFFLA-t-elle, debout sur le bureau. Vous TRIPLEZ mes impôts?

Le percepteur USA d'arguments logiques:

– Mais, Madame... Vous ne VERSIEZ rien du tout jusqu'ici... et... maintenant... le gouwernement... WOYEZ-vous heu... le gouwernement heu 'XIGE heu... trois fois rien...

La sorcière YODLAIT de rage:

– Justement! Trois fois rien au lieu de rien! Trois fois plus qu'avant! Trois fois trop!

Là-dessus, la sorcière furieuse ZIGOUILLA le percepteur.

(Le percepteur disait «WOYEZ» au lieu de «VOYEZ» parce qu'ému, il voyait double – et parce qu'il n'existe qu'un verbe (warranter) commençant par W. C'est encore l'émotion qui lui faisait manger la première lettre du verbe «'XIGER», ce qui nous arrange vu qu'il n'y a pas de verbes commençant par X!)

Un peu d'ordre s'il vous plaît
dans les groupes des verbes !

HISTOIRE D'UNE SORCIÈRE MAL LUNÉE

La sorcière referma le Grand Livre noir des Horreurs. Elle brandit son balai et dit à voix haute une formule que j'ai oubliée. Alors, une fumée âcre envahit la chambre et un vilain gnome apparut, vert, bossu et plein de rides.

– Salut, bourrique ! grogna-t-il.

Et il s'accroupit soudain sur le parquet pour prendre une araignée qu'il déchiqueta des dents et engloutit comme une friandise.

– Qu'attends-tu de moi, bourrique ? ajouta-t-il avec une grimace qui l'enlaidissait.

– Voilà, dit la sorcière. Le gamin du dessous m'empoisonne l'existence avec sa télévision. Fournis-moi le moyen d'apparaître dans son téléviseur !

– Facile, s'exclama le gnome vert.

– Tu me garantis le franc succès ?

– Absolument ! Tout dépendra de toi, bourrique !

La sorcière jubilait à l'idée de surgir du poste entre Picsou et Mickey.

– Le morveux va crever de peur ! jouissait-elle.

– Prends ton balai ! ordonna le gnome.

– Oui ! Oui ! J'obéis !

– Promets de ne pas t'attarder plus de dix

secondes sur l'écran! Tu y moisirais si le gamin éteignait le téléviseur!

– Oui! Oui! Pas plus de dix secondes!

– Répète après moi: Bracadi-Bracada!

– Bracadi-Bracada! J'obéis! Oui! Oui!

– Fous le camp d'ici et barre-toi de là!

– J'obéis! Oui! Fous le camp d'ici et barre-toi de là!

Au même instant, une vive lumière l'éblouit. La sorcière disparut de la chambre et se retrouva sur l'écran de télévision de son voisin du dessous! Le garçon pâlit à sa vue...

– Mais? fit-il...

La sorcière pointa l'index sur lui, et, avant qu'il se soit ressaisi (le gamin, pas l'index, imbécile!) elle abattit son jeu:

– Tu te délectes de niaiseries! rugit-elle. Et tu fais du bruit! Tu me déranges! Pour te punir, tu deviendras ce que tu aimes le mieux! Un Donald!

Là-dessus, le gamin se raccourcit! En deux secondes, il se réduisit à la taille d'une volaille, et tandis que la sorcière se retirait du téléviseur, ses lèvres s'épaissirent, ses bras perdirent leurs mains, son derrière s'empluma, ses pieds s'aplatirent et le canard se mit à pleurnicher d'une voix nasillarde :

– Minmin ! Minmin !

La sorcière avait déguerpi, elle était allée chez elle.

Voilà ce qui arrive aux vilains enfants qui se ramollissent la cervelle à suivre les feuilletons idiots de la première chaîne !

*Comme chacun sait, les verbes sont classés en trois groupes dans la langue française : le premier, le deuxième et le troisième. Notre histoire est composée de sorte qu'ils s'y suivent dans l'ordre : premier, deuxième, troisième, et on recommence (être et avoir restent libres)**. *Vérifions le début :*

« La sorcière REFERMA (1) *Le Grand Livre noir des Horreurs. Elle* BRANDIT (2) *son balai et* DIT (3) *à voix haute une formule que j'*AI OUBLIÉE (1). *Alors, une fumée âcre* ENVAHIT (2) *la chambre et un vilain gnome* APPARUT (3), *vert, bossu et plein de rides… »*

* Signalons à *l'école des loisirs* un livre entier bâti sur cette règle d'écriture : *Les sept sœurs Sapins*, Yak Rivais.

Vous reprendrez bien un peu de verbes ?

LA SORCIÈRE QUI FAISAIT DEUX CHOSES À LA FOIS

La sorcière s'était mise en colère et sur son trente-et-un pour aller au diable et chez sa belle-sœur.

Elle avait ouvert sa porte et la bouche et elle attrapa un rhume et son parapluie ; après quoi, elle prit ses jambes à son cou et le bus numéro trente-six.

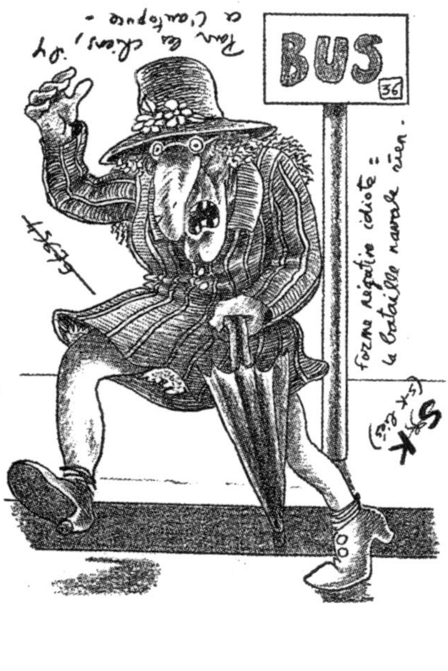

Elle s'assit sur la banquette et sur les préjugés en poussant sa voisine par terre et une chansonnette maléfique. En même temps, elle avait lâché un cri de rage et son sac à main à la vue de quelques godelureaux qui rongeaient leurs doigts et leur frein autour d'elle. Il en sortit une guêpe enchantée et quelques complications.

Le chauffeur du bus, en effet, écoutait la radio et la voix de sa conscience. Il voulut passer en quatrième vitesse et un savon à la sorcière grincheuse. Mais la guêpe enchantée piqua une crise et le chauffeur.

Il écrasa le champignon et un préposé des P et T. Il lança son lourd véhicule dans une rue en pente et des quolibets aux passants. Il grillait les feux rouges et une cigarette. Complètement fou, il crachait sur les piétons et le code de la route. En fait, il passait les lignes blanches et les bornes.

Les voyageurs effrayés se faisaient du mauvais sang et des crocs-en-jambe. Ils échangeaient des impressions et quelques horions. Ils perdaient l'équilibre et le nord.

Une voiture de police poursuivait le véhicule dangereux et la grande aventure. Elle doubla le premier et la mise. Les agents ordonnaient au chauffeur d'arrêter l'engin et les frais. Mais lui faisait du slalom entre les poubelles et semblant de ne rien entendre.

La sorcière lui jeta un sort et son parapluie sur le crâne. Le chauffeur lâcha les pédales et un chapelet d'injures. Il tourna de l'œil et carrément à droite sur le trottoir, et le bus entra dans un magasin de porcelaine et dans le vif du sujet. Tous les voyageurs tombèrent sur le derrière et des nues. Les agents leur prenaient le pouls et les empreintes digitales. Ils leur posaient des questions et un lapin, et ne tardèrent pas à arrêter le chauffeur et l'histoire.

La sorcière courut chez sa belle-sœur et le risque de se tromper de route. On n'essaya pas de lui couper le passage et le sifflet.

Compris ? Deux actions par verbe, l'une liée au récit, l'autre plus ou moins figurée et inattendue, mais n'entravant pas le développement de l'intrigue. Tous les verbes choisis doivent évidemment tolérer un double complément.

Dans ce jeu, ils portent encore plus l'action que dans un texte ordinaire. Elle progresse PAR *eux et s'écrit* EN MÊME TEMPS *qu'on les utilise. On commencera donc par écrire des phrases isolées à partir d'un verbe. Exemple : vider.*

« Le barman vida un verre et un client éméché qui faisait l'imbécile dans le bar. »

Au travail !

La forme pronominale

EN VOYAGE

La sorcière s'absenta de chez elle et prit le train. Elle s'accoudait à la fenêtre et crachait sur les vaches ou dans le wagon sur les voyageurs.

Ceux-ci se méfiaient d'elle. Ils préférèrent se réfugier à l'autre extrémité du wagon. Quand le contrôleur passa, ils se rassemblèrent pour demander de l'aide contre la cracheuse. Le contrôleur s'approcha de la vieille à pas prudents.

– Votre billet, Madame ? exigea-t-il.

La sorcière se croisa les bras.

– Votre billet, Madame ? répéta le contrôleur.

Sans se soucier de lui, la sorcière sortit de son sac un sandwich aux tripes de cochon et se mit à le croquer à belles dents. Le contrôleur se fâcha :

– Pas de billet, dit-il, ça vous coûtera cher !

Il dressa procès-verbal, mais la vieille bourrique se moquait du fonctionnaire. Elle cracha soudain ses bouchées de tripes comme des projectiles. Tout le monde se cacha derrière les fauteuils. Le contrôleur avait reçu un morceau dans l'œil. Il s'enfuit chercher du renfort.

Justement, le train s'apprêtait à entrer en gare. La sorcière se leva, attrapa son sac. Elle se pencha par la fenêtre tandis que les autres voyageurs ramassaient leurs affaires et se précipitaient dans le wagon suivant. Le train ralentissait. La sorcière cracha sur les voyageurs qui se tenaient sur le quai avec leurs valises, ou qui attendaient leurs amis. Les gens s'indignaient de son comportement infantile. Le contrôleur sauta du train en marche et s'efforça de trouver de l'aide auprès des employés de la gare. Il s'égosillait et gesticulait.

La sorcière se dirigea tranquillement vers la sortie du wagon, ouvrit la portière d'un coup de pied. Tout le monde s'écarta à sa vue, mais pas assez vite pour éviter les crachats de tripes. La foule se dispersa. Le contrôleur, qui revenait avec deux collègues, s'immobilisa prudemment à dix pas.

– Attention ! La voilà ! dit-il.

Mais trop tard ! La sorcière se rengorgea et cracha un tir de barrage dans la direction du trio. Les gens se jetèrent par terre à plat ventre en appelant au secours comme s'il s'agissait d'un hold-up. La sorcière enjamba les corps et s'ouvrit un chemin à coups de pied vers la sortie de la gare où sa sœur l'attendait en s'ingéniant à empoisonner les chauffeurs de taxi. Elle pétait comme une canonnière et les chauffeurs pleuraient en se pinçant les narines. Les brasseries fermaient. Les pigeons s'abattaient en plein vol. Même les mouches désertaient les lieux.

Les deux sœurs se congratulèrent et partirent ensemble en ville. Comme tout le monde s'éloignait à leur approche, elles ne payaient rien, se servaient dans les magasins et filaient. Et pendant ce temps-là, le train s'était remis en route et serpentait dans les verts pâturages fleuris.

La règle d'écriture ? Un verbe sur deux est à la forme pronominale. Essayez, c'est amusant. La seule forme, à ma connaissance, qui donne mal à la tête, est la forme aspronominale – qui n'existe pas.

À l'économie : un seul verbe !
LES BRODEQUINS DE LA SORCIÈRE

Un matin, au réveil, une sorcière se schtroumpha de brodequin et schtroumphit le gauche au pied droit et le droit au pied gauche.

Là-dessus, elle schtroumphit la porte et schtroumphit dans la rue. Elle schtroumphait bizarrement sur le trottoir, les pointes des pieds vers l'extérieur, et les passants la schtroumphaient en schtroumphant.

La sorcière ne se schtroumphait pas d'eux.

Une dame charitable, cependant, schtroumpha du doigt ses brodequins pour schtroumpher son attention :

– Madame, vos souliers…

– Quoi? schtroumpha la sorcière avec une grimace peu aimable.

– Vos brodequins, Madame…

La sorcière schtroumpha les épaules:

– Mes brodequins? je m'en schtroumphe!

Et alors, elle schtroumpha la langue, schtroumpha les deux bras en l'air en schtroumphant des mots incompréhensibles.

– Ah! schtroumpha la dame charitable. Mes souliers!

Elle schtroumphait à son tour le soulier gauche à droite, et vice-versa, au grand étonnement des badauds. La sorcière se schtroumpha vers eux. Elle schtroumpha sa formule bizarre derechef. À la seconde même, tous les souliers gauches schtroumphèrent à droite, tous les souliers droits à gauche. La foule schtroumphait des exclamations indignées.

Mais l'histoire n'était pas schtroumphie, car tandis que les malheureux se schtroumphaient pour schtroumpher leurs souliers aux bons pieds, la sorcière schtroumpha les sourcils et schtroumpha des dents. Elle schtroumpha une nouvelle formule.

Quelle horreur! Les gens schtroumphaient des cris de détresse à présent! La sorcière, en effet, après avoir schtroumphé les souliers de pieds, venait de schtroumpher tous les pieds! Les gros orteils étaient schtroumphés vers l'extérieur! Les victimes schtroumphaient à chaudes larmes.

– Ça vous schtroumphera les pieds! schtroumpha la sorcière méchamment.

Elle schtroumphit à grandes enjambées dans la rue. Et personne ne l'a jamais schtroumphue dans le quartier.

On n'avait pas assez d'argent pour acheter des verbes. On a eu recours au verbe « schtroumpher », celui des célèbres bandes dessinées. Trouvez donc les verbes qu'il remplace... Vous pourrez aussi écrire une histoire ou, accessoirement, modifier un texte classique, comme celui-ci, de Rabelais :

« Aux uns, il schtroumphait la cervelle, aux autres il schtroumphait bras et jambes, à quelques-uns il schtroumphait les vertèbres du cou, à d'autres, il schtroumphait les reins, schtroumphait le nez, schtroumphait les yeux, schtroumphait la mâchoire, schtroumphait les dents dans la gueule, schtroumphait les omoplates, schtroumphait les jambes, schtroumphait les hanches, schtroumphait les avant-bras. » Ouf ! Quelle bagarre ! (Je vous redonne les bons verbes, dans l'ordre : écrabouillait, rompait, disloquait, fracassait, aplatissait, pochait, fendait, enfonçait, défonçait, meurtrissait, déboîtait, disloquait. En aviez-vous trouvé ?)

(Évidemment, vous pouvez inventer un autre verbe unique que schtroumpher.)

Agrammaticalité sur le conditionnel

UNE LETTRE ANONYME

« Si le gamin de la gardienne allait à l'école, il apprenderait des tas de choses. Il écriverait des rédactions, et il finisserait par résoudre des problèmes de mathématique. Il accomplisserait des performances intellectuelles qui réjouisseraient son père et sa mère, et même qui les ahurisseraient. Il approfondisserait ses connaissances en histoire ou en géographie, tout le monde l'applaudisserait, même ses voisins. Il se dégourdisserait les jambes en sport, il se divertisserait en récréation. Il s'épanouisserait, quoi, au lieu de faire des bêtises dans le quartier. À l'école, le maître le punisserait s'il faisait ce qu'il fait dans l'immeuble. Il lui raccourcisserait les oreilles, et le gamin devenirait correct. Mais il falloirait qu'on l'oblige à aller en classe. S'il y allait, il y allerait c'est sûr, personne ne prétendra le contraire. C'est pourquoi je vous envoie cette lettre anonyme de dénonciation. Je ne la signe pas parce que je ne vouderais pas que vous lui disiez que c'est moi qui l'ai écrite. Mais c'est bien moi, je le jure. Si ce n'était pas moi, je le savoirais. »

La sorcière joue à appliquer les terminaisons des verbes du premier groupe aux deux autres. On peut pratiquer un jeu comparable avec le futur ou le passé simple (comme dans Les contes du miroir – *école des loisirs). Mais, renseignements pris auprès du ministère de l'éducation nationale, il est déconseillé d'écrire comme ça dans les établissements scolaires.*

Logorallye de verbes

FOOTBALL

Prendre 9 verbes au hasard, 3 du premier groupe, 3 du second, 3 du troisième :

dire	*donner*	*choisir*
faire	*demander*	*pâlir*
finir	*fermer*	*prendre*

Raconter quelque chose en trois phrases, sur un sujet imposé, en suivant les lignes : horizontalement, verticalement ou en diagonale, à raison d'un verbe par phrase. Par exemple : une histoire de football.

1. Première ligne horizontale :

L'avant-centre *a dit* un gros mot. L'arbitre lui *a donné* un avertissement. Il *a choisi* le carton jaune plutôt que le rouge.

2. Deuxième ligne horizontale :

L'arrière *a fait* une faute de main. L'arbitre *a demandé* un penalty contre lui. Le gardien de but *a pâli* à l'annonce de cette sanction.

3. Troisième ligne horizontale :

Le match *est fini*. L'arbitre *ferme* la porte du stade derrière lui. Il *prend* la poudre d'escampette à la vue d'un groupe de supporters de l'équipe perdante.

4. Première ligne verticale :

L'ailier droit *a dit* des méchancetés à son adversaire. Il lui *a fait* un tacle brutal. Tous deux *ont fini* le match à l'infirmerie.

5. Deuxième ligne verticale :

Le soigneur *a donné* de l'eau minérale aux joueurs. Il leur *a demandé* s'ils avaient besoin d'autre chose. Il *a fermé* sa mallette.

6. Troisième ligne verticale :

Le tireur *a choisi* l'angle gauche du but. L'entraîneur adverse *a pâli* à la vue du gardien de but à droite. Il *s'est pris* la tête à deux mains de désespoir.

7. Première diagonale :

Les joueurs excités *disent* des sottises à leurs adversaires. L'arbitre *demande* le silence sur le terrain. Les joueurs et leurs supporters le *prennent* à partie.

8. Deuxième diagonale :

Le joueur *choisit* un adversaire. Il lui *demande* son maillot contre le sien comme souvenir à la fin du match. Ils *finissent* l'échange au vestiaire.

ATTENTION ! Il faut se donner les verbes de la grille sans tricher : tout verbe pris doit rester. Il faut faire AVEC !

9. Avec les 9 verbes, sans ordre :

Au stade, j'*ai demandé* un foulard de supporter à papa. Il m'en *a choisi* un noir et rouge. Mais il *a pâli* à la vue du prix. Il *a dit* ses quatre vérités au vendeur. L'autre nous *faisait* des grimaces en cachette. Il la *fermait* quand même, à cause de la carrure de papa. Il *a pris* un écusson bleu dans son sac. Il me l'*a donné* en prime. Comme ça, tout s'*est* bien *fini* !

Dialogue abécédaire

LES SORCIÈRES QUI VOULAIENT ALLER AU CINÉMA

– Allons au cinéma ce soir toutes les deux, si tu veux ?

– Bon, d'accord, mais quel film irons-nous voir ?

– Celui que tu choisiras.

– Dans ce cas, je n'aime que les films d'horreur !

– En fait, moi aussi ; que joue-t-on ce soir ?

– Facile, il suffit de consulter le programme…

– Généralement, on passe des films de vampires à l'Alhambra.

– Hélas, ce soir il y a un film d'amour.

– Infect! surtout quand ça finit bien!

– Je déteste ça moi aussi, trouvons autre chose…

– *King-Kong* à l'Excelsior, voilà un film intéressant.

– La fin m'énerve personnellement, j'aurais préféré que le monstre ravage New York.

– Moi aussi, et même l'Amérique!

– New York, c'est plein d'Américains!

– Oublions, je vois qu'on donne un film catastrophe au Rex?

– Pas ce soir, seulement le samedi en matinée.

– Qu'est-ce qu'on joue à l'Eldorado?

– «Relâche», ça doit être un dessin animé vu qu'il n'y a aucun nom d'acteur annoncé.

– Sûrement une niaiserie pour les gosses, et je ne vois rien d'autre aujourd'hui au programme !

– Tu n'as rien sauté en lisant ?

– Une page de publicités, si tu veux la lire ?

– Voyons voir... Il y a un film étranger en langue étrangère...

– Waouh ! Tout juste bon pour des étrangers !

– Xénophobe !

– Y a-t-il quelque chose d'intéressant à la télévision, car je crois que pour voir des horreurs ce soir nous serons obligées de reluquer les informations !

– Zut et Zut !

C'est un dialogue : on peut jouer à deux (deux personnes, ou deux groupes représentant chacun un personnage). Le dialogue suit l'ordre alphabétique :

A : – Allons...

B : – Bon...

C : – Celui… etc.

jusqu'à

Z : – Zut et Zut !

Il faut renvoyer la balle à chaque fois, sans se contenter d'amortir. (Exemple : ne pas se contenter de répondre « Bon, d'accord », mais : « Bon d'accord, mais quel film irons-nous voir ? »)

On peut sauter les lettres difficiles, K, W, X, Y. On évitera d'employer des prénoms au début des répliques, sauf pour X. Tout ce qui est dit (ou écrit) doit servir, et l'on ne change pas de sujet en cours de route. Après, on joue la scène, comme au théâtre. Bonne chance !

Qui dit quoi comment où ?

LE CAUCHEMAR DU MAÎTRE *(dialogue)*

– Nananananana... ÂNONNA l'élève qui lisait en classe.

– Pl-pl-plus fort ! BÉGAYA le maître avec effort.

– Kroakroakroa... CROASSA l'enfant.

– Articule, bon sang ! DEMANDA le maître.

– Il est peut-être sourd, Monsieur ? ESTIMA un camarade du lecteur, placé derrière lui.

– Benoît, continue ! se FÂCHA le maître en réponse.

– Gregregregre… GROMMELA l'élève.

– Tu te moques de moi ! HURLA le maître en colère.

– Il lit comme s'il se gargarisait ! IRONISA une fille du premier rang.

– ***! JURA le maître.

– Pin-Pon ! KLAXONNA une automobile qui passait dans la rue juste sous les fenêtres de la classe.

– Fermez les fenêtres, on ne s'entend plus ! LANÇA le maître. Alice, continue la lecture !

– Mumumumumumu… MURMURA la fillette.

– On dirint qu'elle ne sint plus lire nin plus ! NASILLA un camarade en se pinçant le nez parce que son voisin de table venait de casser une boule puante.

– Silence, ptt bande ptt de ptt tarés ! ORDONNA le maître. (Il POSTILLONNAIT.)

– Est-ce que je continue de lire ? QUESTIONNA la fillette.

– Laisse tomber ! Martin, continue,

RÉTORQUA le maître en frappant du poing sur son bureau.

– Sussussussussu… SUSURRA le nouveau lecteur.

– Je sens que ça va mal finir ! TONITRUA le maître en cassant sa chaise contre le tableau. Continue, Sandrine !

– Hulululululu… ULULA la gamine en écarquillant les yeux comme une chouette en chasse.

– Ferme-la ! VOCIFÉRA le maître en tapant des pieds par terre et en expédiant la corbeille à papiers à l'autre bout de la classe comme un champion de football. Julie, à ton tour !

– Ye ne sais pas lire cette pa-ye, YOYOTA l'enfant.

– Ze n'est pas pozzible ! ZÉZAYA le maître, et il fit un pas en avant et tomba de l'estrade… et tomba de l'estrade… et tomba de l'estrade…

… et se réveilla au pied de son lit. Quel affreux cauchemar il venait de vivre !

Combien de fois vous l'a-t-on réclamée? L'inciiise! Toujours dire QUI *dit* QUOI, COMMENT *et* OÙ *il le dit, quand vous faites parler un personnage. Ici, les incises proposent des verbes en ordre alphabétique. (Sauf* W *et* X*, sautées!) Imitez-moi donc...*

Les didascalies

UNE SCÈNE DE « L'AVARE » DE MOLIÈRE

Harpagon veut marier sa fille à un vieillard pour de l'argent.

« ÉLISE, *faisant la révérence* : Je ne veux point me marier, mon père, s'il vous plaît.

HARPAGON, *contrefaisant sa révérence* : Et moi, ma petite fille, ma mie, je veux que vous vous mariiez, s'il vous plaît.

ÉLISE, *faisant encore la révérence* : Je vous demande pardon, mon père.

HARPAGON, *contrefaisant Élise* : Je vous demande pardon, ma fille.

ÉLISE : Je suis très humble servante du seigneur Anselme ; mais *(faisant encore la révérence)* avec votre permission, je ne l'épouserai point.

HARPAGON : Je suis votre très humble valet *(contrefaisant Élise)* ; mais avec votre permission, vous l'épouserez dès ce soir.

ÉLISE : Dès ce soir ?

HARPAGON : Dès ce soir.

ÉLISE, *faisant encore la révérence* : Cela ne sera pas, mon père.

HARPAGON, *contrefaisant Élise* : Cela sera, ma fille… »

Les indications en italique *sont de Molière. Elles précisent le jeu de scène. On les appelle des* didascalies. *Elles donnent rythme et couleur, et permettent aux acteurs de mener l'action avec cohérence. Les sorcières, à l'affût des mauvais coups, se sont amusées à truquer les didascalies, sans toucher aux dialogues. Appréciez le changement !*

ACROBATIQUE

« ÉLISE, *grimpant debout sur une chaise* : Je ne

veux point me marier, mon père, s'il vous plaît.

HARPAGON, *grimpant sur une autre chaise*: Et moi, ma petite fille, ma mie, je veux que vous vous mariiez, s'il vous plaît.

ÉLISE, *grimpant sur la table*: Je vous demande pardon, mon père.

HARPAGON, *grimpant sur la même table*: Je vous demande pardon, ma fille.

ÉLISE: Je suis très humble servante du seigneur Anselme; mais *(attrapant la chaise, la posant sur la table et grimpant debout sur la chaise)* avec votre permission, je ne l'épouserai point.

HARPAGON: Je suis votre très humble valet *(attrapant sa chaise, la posant sur la table et grimpant debout dessus à son tour)*; mais avec votre permission, vous l'épouserez dès ce soir.

ÉLISE *(nez à nez avec son père)*: Dès ce soir?

HARPAGON: Dès ce soir.

ÉLISE, *attrapant le lustre et se balançant pour quitter la pièce, comme Tarzan*: Cela ne sera pas, mon père.

HARPAGON, *attrapant le lustre pour suivre le même chemin, mais tombant parce que le lustre cède sous son poids*: Cela sera, ma fille... »

Maudites sorcières !

Elles auraient pu jouer la scène en match de boxe, en échange de tartes à la crème, ou de cent façons différentes, toujours sans toucher aux dialogues. Essayez. Vous pouvez trafiquer les didascalies de cette scène, ou de toute autre scène. Vous pouvez en ajouter, en retrancher, tout est possible. Vous pouvez aussi modifier les didascalies d'autres scènes, ou en ajouter à des dialogues pour les jouer théâtralement !

Les adjectifs possessifs

PRÊTE-MOI TA PLUME *(dialogue)*

– Mon hibou perd ses plumes, au secours! s'écria la sorcière au téléphone.

– Ton hibou, fit sa sœur au bout du fil, on s'en fout.

– Son corps est dénudé, à l'aide! pleurnicha la sorcière.

– Ma chère, ça n'a pas d'importance, mais tu peux toujours en parler à Mélanie Zétofré...

– Ta cousine par alliance?

– Sa sœur est vétérinaire, elle s'occupera de toi et de ton vilain piaf!

– Notre problème, commença la sorcière, c'est que…

– Votre problème, coupa la sœur, ne présente aucun intérêt, des tas de gens ont des oiseaux qui perdent leurs plumes !

– Leur problème à eux, c'est l'oiseau, tandis que moi…

– Mes voisins aussi avaient un perroquet qui battait de l'aile, ils l'ont mis à la broche et n'en parlons plus !

– Tes voisins n'avaient pas mon hibou et le problème que j'ai !

– Ses plumes tombent, dis-tu ? As-tu essayé de les recoller ?

– Nos tantes ont essayé, mais…

– Vos colles étaient éventées ? Ça ne m'étonnerait pas ! Nos tantes conservent toutes sortes de vieilleries au-delà des dates de péremption ! Leurs colles n'étaient sûrement pas bonnes !

– Leurs colles l'étaient ! Ma main est restée collée au croupion du hibou, je ne peux plus la détacher, c'est pour ça que j'appelle ! Au secours !

Jeu difficile : chaque prise de parole commence par un adjectif possessif, et tous doivent être cités dans l'ordre : mon, ton, son, ma, ta, sa, notre, votre, leur, mes, tes, ses, nos, vos, leurs.

Prose à rythme constant

Un cahier perdu

En allant au marché, la sorcière a trouvé un cahier d'écolier. Elle l'a ramassé. Elle a pris son crayon et elle a griffonné quelques mots sur la page du début. Puis elle a rapporté le cahier à l'école en disant :

– J'ai trouvé ce cahier, le voici, je suppose qu'un élève l'a perdu.

La maîtresse est rentrée dans sa classe en tenant le cahier sous son bras, et soudain, de longs poils apparurent sur ses mains, sur ses bras, sur ses jambes, sur ses joues. La maîtresse a crié et lâché le cahier.

Mais voilà qu'à leur tour les enfants se

couvrirent de longs poils. Ils criaient, pleurnichaient, sanglotaient. Les longs poils leur poussaient sur le corps !

Les pompiers appelés en renfort accoururent. Mais hélas, en entrant dans la classe, de

longs poils leur poussèrent sur les mains, sur les joues, et partout sur la peau ! Et dehors, la sorcière triomphait.

Tout à coup, la maîtresse l'aperçut et cria :

– J'ai compris !

Elle ouvrit le cahier ! Elle vit la formule ! Elle prit une gomme, l'effaça ! Aussitôt, les longs poils disparurent.

Dans la rue, la sorcière maudissait la maîtresse, les enfants, les pompiers et l'école. Elle fit demi-tour et partit.

La morale de l'histoire est qu'il faut éviter d'égarer son cahier !

Jeu facile. Ne jamais dire plus (ou moins) de trois sons à chaque fois et raconter quand même une histoire. Pour mettre cette écriture en évidence, on aurait pu la présenter ainsi :

« En allant/au marché,/la sorcière/a trouvé/un cahier/d'écolier./Elle l'a/ramassé./Elle a pris »… etc.

Le jeu est encore plus agréable avec un magnétophone : toute une classe peut s'y coller ! (Ne jamais revenir en arrière, ne jamais effacer.)

Messages secrets

Dès qu'ils surent écrire, les hommes s'envoyèrent des messages chiffrés. Dans l'antiquité, on alla jusqu'à raser le crâne d'un esclave, écrire le message sur son cuir chevelu, attendre que les cheveux repoussent... et le destinataire n'avait plus qu'à raser les cheveux de l'homme à son tour pour lire son courrier !

Les sorcières ne sont pas plus simples pour se divertir à nos dépens. C'est leur droit, que dis-je ! leur métier. Alors méfiez-vous de ce que vous lirez maintenant !

Imaginez qu'une de ces créatures maudites prononce devant vous la formule suivante :

« Cette homme altruiste parle énergiquement à un xénophobe », *eh bien, vous voilà tous changés en chapeaux ! Et je le prouve ! Retenez la lettre initiale de chaque mot de la formule :*

« C... h... a... p... e... a... u... x... » !

Trouverez-vous, à présent, les mots nichés dans quelques formules magiques ?

1. (Sur les dernières lettres :)

« Tout marche bien, tout baigne. »

(SOLUTION : *tente*)

« Mange beaucoup, joli chien affamé ! »

(SOLUTION : *épine*)

2. (Sur les initiales des noms communs :)

«J'ai cueilli des géraniums, *des* œillets *et du* mimosa *pour ma* mère *et je les ai mis dans l'*eau. »

(Solution : *gomme*)

3. (Même règle :)

«Le président *reçoit des* artistes *et des* intellectuels *pour parler des* livres. *Un* laquais *sert l'*apéritif *avec le* sourire. *Ce* serviteur *utilise un* opinel *pour ouvrir les* noix. »

(Solution : *paillasson*)

4. (Sur les dernières lettres des noms communs :)

«Le rajah *donna un* bijou *magnifique à un* ami *qui lui avait prêté un* bilboquet *en* osier *plus léger qu'une* plume ».

(Solution : *huître*)

5. (*Première* lettre du *premier* mot, *deuxième* lettre du *deuxième*, etc :)

«Ce chou gras trempé souvent finira détritus.»

(SOLUTION : *chameau*)

6. (Initiales des noms propres :)

«À Vienne, Einstein *en chemise* Lacoste *a rencontré* Offenbach.»

(SOLUTION : *vélo*)

7. (Gros mot. Trouve tout seul !)

«Monsieur Einstein raffolait des équations !»

8. (Premières syllabes des noms communs :)

«Le mousquetaire *a piqué le* tigre *à la* queue.»

(SOLUTION : *moustique*)

9. (Dernières syllabes des noms communs :)

«J'ai posé mon ocarina *sur le* pavé.»

(SOLUTION : *navet*)

10. (Mot incrusté. Il faut « entendre » la phrase pour le dénicher, et quand on l'entend, si c'est une sorcière qui parlait, il est déjà trop tard !)

«Il y a des filles qui achètent des souliers à semelles épaisses et qui trouvent ça beau.»

(SOLUTION : *sabot* - *«ça beau»*)

11. (Mot incrusté :)

«Le gamin pleure parce qu'il n'a pas l'autorisation d'aller au cinéma alors que tous ses potes iront.»

(SOLUTION : *potiron* - *«potes iront»* prononcer *«pot'iront»*)

12. (Mots incrustés – plus tarabiscotés :)

«J'avais un beau ballon blanc, mais le correspondant australien de ma sœur, qui était venu nous voir des antipodes, l'a peint en rouge pour plaisanter.»

(SOLUTION : *peau d'lapin* - *«antipodes l'a peint»*)

Les sorcières ne se privent pas de cacher leurs maléfices sur les adjectifs qualificatifs parce qu'elles

savent que les garnements ne sont pas en bons termes avec ces mots-là.

13. (Initiales des adjectifs qualificatifs :)

« C'est curieux *mais l'*horrible *génie qui demeure dans l'immeuble* ancien *et* insalubre *me salue toujours avec un sourire* stupide *et des gestes* extravagants *! »*

(SOLUTION : *chaise*)

14. (Dernières lettres des adjectifs qualificatifs :)

«Le chien blanc *a un* vieil *os en caoutchouc* souple. *»*

(SOLUTION : *clé*)

Et voyez une autre recette ! La formule se cache sur les lettres communes aux noms communs et aux adjectifs qualificatifs associés.

« Le chef fou *sauta sur son* vélo blanc *en*

poussant un juron fameux *parce que son* talon piteux *venait de rater la* pédale neuve. »

(SOLUTION : *flûte*)

16. (Sur les initiales des verbes :)

«*La vache* broute *et* rumine. *Elle s'*efforce *de* tondre *la prairie. Elle s'*essouffle *et* longe *le fil de clôture. Elle* lance *parfois un meuglement et s'*ébroue. »

(SOLUTION : *bretelle*)

17. (Sur les dernières lettres des verbes :)

« Chanter, *pourquoi pas ?* grommela *le boxeur en* déposant *ses gants sur le coin du piano.* »

(SOLUTION : *rat*)

18. (Sur les premières syllabes des verbes :)

«*Le garçon qui* crachait *dans l'eau de la rivière la* polluait ».

(SOLUTION : *crapaud*)

19. (Sur les dernières syllabes des verbes :)

«*Nous nous* battrons, *Monsieur !* rouspète *un râleur.* »

(SOLUTION : *trompette*)

Les adverbes eux-mêmes ne sont pas oubliés !

20. (Sur les initiales des adverbes :)

« Il aimait trop *les papillons. Il les posait* artistiquement *sur une plaque de liège, les ailes* parfaitement *plates. Il les épinglait* immanquablement *dans des boîtes qu'il montrait* souvent *aux amis. »*

(SOLUTION : *tapis*)

21. (Sur les premières syllabes des adverbes :)

« Il buvait drôlement. *Il avalait* maladroitement *à cause de son bec-de-lièvre, et comme il lui manquait trois incisives, il recrachait* dernièrement *quelques gouttes qui roulaient sur son double menton. »*

(SOLUTION : *dromadaire*)

22. (Sur les deuxièmes syllabes des adverbes :)

«*Le soldat se battait* héroïquement, *mais ses ennemis le cernèrent* habilement *et le capturèrent* inévitablement*!* »

(Solution : *robinet*)

Infernal! Les sorcières planquent même le mot magique sur les initiales des compléments!

23. (Initiales des compléments :)

«*Je mange des* prunes. *Ma sœur préfère les* ananas, *et avec, elle boit du* thé. *Moi je préfère l'*eau. »

(Solution : *pâté*)

24. (Quand elles s'en prennent aux antécédents des pronoms relatifs, même les grammairiens ouvrent l'œil!)

«*Un* chien QUI *fumait la pipe dans le métro a eu des ennuis. Un* agent, QUI *l'avait repéré, l'a interpellé. Le* fumeur, QUI *aboyait comme un malotru, a eu droit à une amende. L'*agent, QUE *le chien récalcitrant cherchait à mordre, sortit même ses menottes. La* rame OÙ *l'affaire avait lieu est enfin repartie, mais avec du retard. Une* dame, QUI *aimait les animaux, a adopté le chien.* »

(SOLUTION : *cafard*)

25. (Observez leur bidouillage sur les initiales des conjonctions de coordination et de subordination :)

«*Un élève a été surpris* pendant qu'*il vidait un tube de colle sur le siège du voisin.* Avant qu'*il ait pu filer, le professeur lui a mis la main au collet* tandis que *deux élèves lui bloquaient les jambes.* Alors, *on a mené le vilain chez le principal. Il avait* tellement *peur (l'élève, nigaud!) qu'il claquait des dents* et *qu'il pleurnichait. On lui a collé les mâchoires.* »

(SOLUTION : *patate*)

26. (Les sorcières truquent même les participes présents, plus intéressants, grammaticalement parlant, que les participes absents. – Contentons-nous des initiales :)

«*En* tuant *une mouche un peu fort sur la table, je me suis fait mal à la main. Je me suis mis à danser la samba en* agitant *le bras comme une aile d'autruche. Ma mère m'a demandé ce que j'avais, en* usant *de patience parce que je poussais des cris de guitare électrique. Elle a tout compris en* posant *un vase sur la table et en* entendant *la table s'effondrer sous le poids des fleurs.* »

(SOLUTION : *taupe*)

Il y a des abris plus sournois, comme par exemple UN *seul groupe de verbes, ou encore... Passons Que diriez-vous, pour clore ce chapitre, d'une phrase entière distillée dans un texte ?*

27. (Les mots soulignés donnent une indication. Cherchez !)

UNE LETTRE PIÉGÉE

« Je t'envoie cette lettre pour te dire que je veux que tu écrives à tonton Ernest à Paris afin qu'il nous invite un de ces jours et qu'il nous fasse visiter les monuments de la capitale. Il pousse, paraît-il, des fleurs magnifiques sous la tour Eiffel. Des touristes viennent les admirer. Au printemps, elles sont en boutons

et l'on m'a même montré des photographies sur lesquelles j'ai bavé d'admiration et d'envie. La vue de la capitale au soleil, je me la figure comme un champ merveilleux dans un film de conte de fées, comme *Le Magicien d'Oz*, que tu connais. Tous les ans, des millions de gens visitent Paris et ceux qui ont vu la ville en sont émerveillés, à qui sera le plus enthousiaste. Cette année encore, des badauds prendront leurs vacances à pareille époque. Nous, nous avons une connaissance sur place : l'oncle Ernest. Pas besoin d'hôtel, de dépenses inutiles. Il peut nous héberger toutes les deux cette année gratuitement. N'oublie pas de lui écrire une lettre pour le lui demander. Dis-lui que je serai enchantée de le revoir. »

La règle ? Après le premier mot souligné, compter dix mots de nouveau, souligner le dixième. Continuer. Lire les mots soulignés : voilà le message.

(SOLUTION : *« Je veux qu'il pousse des boutons sur la figure de tous ceux qui prendront connaissance de cette lettre enchantée. »*)

Spirale récréative

UN MARIAGE

Le titre compte deux mots. La première phrase compte 2 x 2 mots = 4 mots. La deuxième phrase compte 3 x 2 mots = 6 mots, etc. Jusqu'à la dernière phrase qui compte 11 x 2 mots, soit 22 mots. On obtient ainsi une histoire en forme de spirale, et architecturée par la table de multiplication par deux. (On peut s'appuyer sur d'autres tables, d'addition ou de multiplication.)

Un mariage

2x1

la sorcière est amoureuse.

2x2

Hier, elle a rencontré un sorcier.

2x3

Elle lui a fait un pied de nez.

2x4

Il lui a tiré la langue et fait la grimace.

2x5

Elle a mis ses mains sur sa tête en forme d'ailes.

2x6

Lui s'est mis à taper des pieds par terre en poussant des cris.

2x7

La sorcière alors a pirouetté sur elle-même comme une toupie en chantant un air obscène.

2x8

Le sorcier frappait dans ses mains et claquait des dents en se trémoussant comme un oiseau des îles.

2x9

Puis la sorcière a enfourché son balai de genêts et elle a décollé comme un avion supersonique vers le ciel.

2x10

Le sorcier l'a suivie avec des éclats de rire et tous deux ont disparu ensemble dans un édredon de nuages cotonneux.

2x11

Le bon sens des mots

LES PETITES ANNONCES

Casse-pieds échangerait pot de colle contre chaussures à crampons.

Manchot échangerait voiture à pédale contre pompe à bras.

Napoléon échangerait taudis contre bon appart.

Mercier échangerait petits pois écossés contre tissu de même origine.

Marius cherche fille de Jean Valjean pour faire causette.

Nain cherche demi-mondaine en vue mariage.

Croque-mort cherche cirage multicolore pour égayer ses pompes funèbres.
Débile mental cherche idée fixe pour déménager.
Maison de correction cherche fautes d'orthographe.
Ivrogne cherche embouteillage pour cuver son vin.

Le spécialiste du jeu des fausses petites annonces était l'humoriste Pierre Dac :

« Professeur bègue donne répétitions. »
« On demande des personnes sachant compter jusqu'à dix pour vérification des doigts dans une fabrique de gants. »
« Mère-grand remplacerait bobinette et chevillette par solide verrou dernier cri. Faire offre. »

Pour bien rédiger une fausse petite annonce, il est nécessaire de maîtriser la relation entre les éléments qui la composent. Cette relation peut jouer sur les mots, sur le sens figuré et le sens propre, sur un rapport inattendu entre les parties. Un conseil, donc : mettre au point le rapport d'abord.

Un exemple : la danseuse fait des pointes.

Le mot « pointes » évoque le mot « clou » – que la danseuse ne fait pas ! Recherchons ce qui pourrait les associer : marteau.

La petite annonce devient :

Danseuse demeurant à Saint-Cloud cherche danseur marteau pour planter ses pointes.

Les mots dans la phrase

Bidouillages

Il faut quelquefois peu de choses pour changer le sens d'une phrase. Voyez :

« À l'école, l'élève apprend à lire, à écrire et à compter. »

« À l'école, le ministre apprend à lire, à écrire et à compter. »

Un seul mot de changé : le nom commun. Changeons autrement :

« À l'école, l'élève apprend parfois à lire, à écrire et à compter. »

Quoi de neuf? Un mot ajouté : un adverbe. Chaque fois que l'adverbe changera, le sens changera. Au choix :

« À l'école, un élève apprend gaiement à lire, à écrire et à compter. »
tristement
vite
rarement
toujours
héroïquement
utilement
inutilement
triomphalement
facilement, etc.

Ajoutons un simple complément, toute la phrase est cul par-dessus tête :

« À l'école, un élève apprend à lire, à écrire et à compter au maître. »

Ou encore :

« À l'école, un élève apprend à lire, à écrire et à compter sur les autres. »

Voulez-vous du sensationnel, en ne remplaçant que le nom commun ?

«À l'école, un chien apprend à lire, à écrire et à compter!»

Un vrai titre de journal! Vous imaginez, en gros caractères, à la première page, en changeant les deux noms communs et en ajoutant un complément :

«À la maternité, un nouveau-né apprend à lire, à écrire et à compter tout seul!»

Quel bonheur d'avoir une langue aussi extraordinairement extensible!

Bidouillons ensemble à présent !

Les 5 soleils ci-dessous se composent :

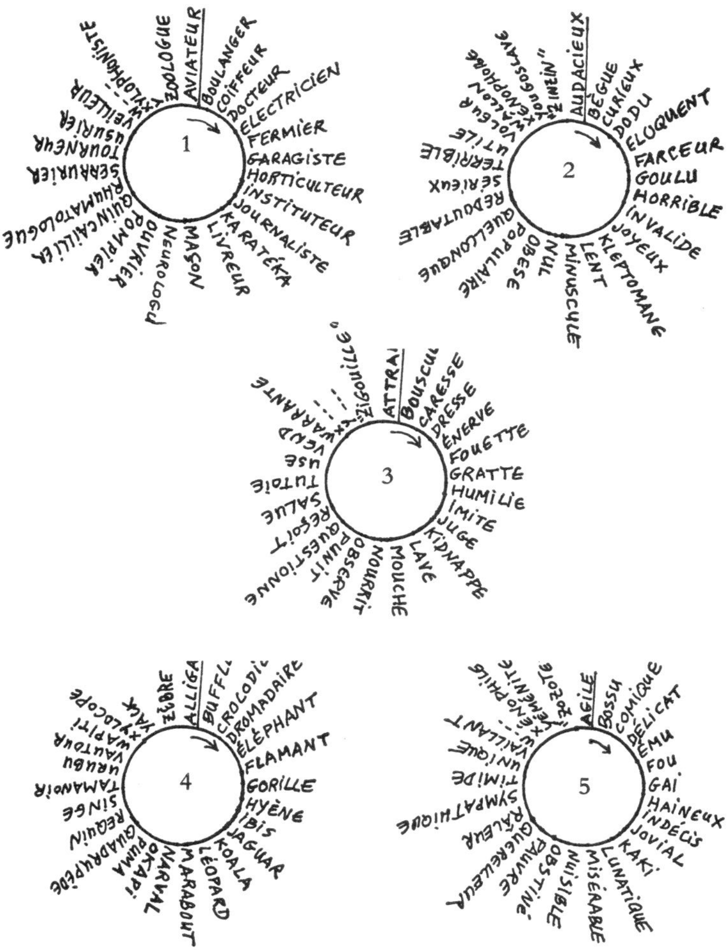

1. de noms de métiers,

2. d'adjectifs qualificatifs,

3. de verbes pouvant avoir un complément d'objet direct,

4. de noms d'animaux,

5. d'adjectifs qualificatifs, tous en ordre alphabétique sur les rayons à partir de la lettre A soulignée.

Fabriquons une phrase en passant par les 5 soleils, mais sur la même lettre. Par exemple, avec la lettre A :

Un AVIATEUR AUDACIEUX ATTRAPE un ALLIGATOR AGILE,

Ou l'inverse, en commençant par le bas :

Un ALLIGATOR AGILE ATTRAPE un AVIATEUR AUDACIEUX.

Choisissez une lettre, suivez-la de soleil en soleil (dans un sens ou l'autre), et vous obtiendrez à votre tour une phrase.

On pourrait ajouter un sixième soleil, composé d'adverbes, à côté de celui des verbes :

Une phrase deviendrait alors :

Un AVIATEUR AUDACIEUX ATTRAPE adroitement un ALLIGATOR AGILE ;

(Ou l'inverse.)

Le jeu permet même de combiner nos mots à partir de prénoms. Voyez, avec « FABIEN » :

F	A	B	I		E	N
Un FERMIER	AUDACIEUX	BOUSCULE	IGNOBLEMENT	un	ÉLÉPHANT	NUISIBLE.

Pour s'amuser avec un prénom plus long, il suffit de doubler le nombre d'adjectifs qualificatifs. Voyez, avec « AMANDINE » :

A M A N D

Un AVIATEUR MINUSCULE et AUDACIEUX NOURRIT DIFFICILEMENT un

I N E

INSTITUTEUR NUL mais ÉLOQUENT.

Bon jeu !

Surcharge (adjectifs qualificatifs et adverbes)

UN ARTICLE OFFICIEL DES IMPÔTS

Prendre un texte. Ajouter à chaque nom un adjectif qualificatif de même initiale. Ajouter à chaque verbe un adverbe. Le texte s'alourdit, mais devient aussi plus plaisant :

« Même si vous réclamez *RUDEMENT*, vous devez payer *PARFAITEMENT* votre impôt *INCROYABLE*.

Si votre réclamation *RIDICULE* est acceptée *AMÈREMENT*, vous serez remboursé *RAREMENT*. Vous pouvez demander *DOUCEMENT* cependant, dans votre réclamation *RESPEC-*

TUEUSE, le sursis *STUPIDE* du paiement *PRÉTENTIEUX*. Avant de vous l'accorder *AVEUGLÉMENT*, le trésorier *TROUILLARD* peut vous demander *DIGNEMENT* de constituer *CARRÉMENT* des garanties de paiement *PITTORESQUES* (par exemple, une caution *CROUSTILLANTE* bancaire). Mais vous devez savoir *SYSTÉMATIQUEMENT* que si votre réclamation *RONCHONNEUSE* n'est pas fondée FINALEMENT, vous devrez payer *PRÉCIPITAMMENT* l'impôt *INJUSTE*, la majoration MÉCHANTE de 10% due *DÉFINITIVEMENT* pour retard de paiement *PROVISOIRE*, et éventuellement des intérêts moratoires *INÉVITABLES*. »

(Pour retrouver le texte support, il suffit de sauter les mots en lettres majuscules italiques.)

Accumulation de conjonctions

La sorcière sondée

En entendant frapper, la sorcière ouvrit sa porte parce qu'elle attendait un livreur de chats. Mais c'était un jeune homme en costume et attaché-case qui se présenta, à moins que ce fût une fille déguisée.

– C'est pour un sondage, annonça-t-il, puisque c'était à lui de parler. Accepteriez-vous de répondre à quelques questions, ce ne sera pas long vu que mon collègue m'attend dehors dans la voiture.

– Bon, grommela la sorcière, je veux bien à condition que ça ne traîne pas.

Son visiteur entra, s'assit sur une chaise pendant que la vieille refermait la porte.

– Je vais vous questionner à propos de la télévision, dit-il, une fois que la sorcière se fut assise en face de lui.

La vilaine ne possédait pas de téléviseur car elle regardait ce qu'elle voulait dans sa boule de cristal et, d'ailleurs, elle avait le pouvoir, lorsque l'envie la démangeait, d'intervenir dans les émissions en direct pour les perturber. En revanche, elle ne pouvait rien contre les films anciens. Et comme le sondeur venait de tirer une feuille de papier de son attaché-case, elle croisa les bras et ferma les yeux.

– Madame, regardez-vous la publicité jusqu'à ce qu'elle se termine et aussi longtemps qu'elle dure, ou passez-vous dans la cuisine faire la vaisselle dès qu'elle commence ?

– Je ne lave jamais la vaisselle, répondit la sorcière tandis que le sondeur prenait note.

– Donc vous regardez la publicité ? vérifia-t-il. Ainsi que la plupart des Français ?

– Non, corrigea la mégère, je ne lave ni la vaisselle ni la publicité, à cause que je déteste les deux.

– Ah, fit le sondeur embarrassé, il n'y a que deux réponses possibles sur ma feuille, vous devez choisir l'une ou l'autre de manière que je mette une croix en face de la bonne. En admettant qu'il y ait une « bonne » et une « mauvaise » réponse ! ajouta-t-il avec un petit sourire coincé.

La sorcière fronçait les sourcils car, si, en effet, il lui arrivait de reluquer une publicité, c'était pour y jeter son grain de sel, faire tomber un acteur dans le baril de lessive ou casser les dents d'un chien sur les croquettes de démonstration. C'est pourquoi elle se contenta de ricaner.

– Bon, dit le sondeur, je vais marquer que vous faites la vaisselle et, par conséquent, passer à la question suivante. Au fond, murmurat-il, les sondages, on s'en moque, d'autant que ce n'est pas bien payé. Bon. Deuxième question. À supposer que vous n'aimiez pas la publicité, est-ce que vous l'aimeriez si ça n'en était pas ? Heu, par exemple, aimeriez-vous la publicité si c'était un film ou un match de foot, une allocution présidentielle ou une émission de variétés, lesquelles vanteraient néanmoins les mérites des couches-culottes ou des cornichons ?

La sorcière grinçait de plus en plus des dents à mesure que le sondeur parlait. La question était d'autant plus difficile à estimer qu'il n'y avait qu'une réponse possible sur la feuille.

– Non ! dit la sorcière alors que le sondeur s'impatientait.

– Il n'y a qu'une réponse valable, dit le sondeur, et par suite, vous devez répondre que oui. C'est-à-dire que, réfléchit-il, on peut estimer que vous m'avez répondu oui plutôt que non, selon qu'on considère votre réponse sous un angle ou l'autre. Au fond, c'est tellement simple que j'aurais pu répondre moi-même à votre place sans vous déranger.

Il traça une croix dans la case.

– Il nous reste une troisième question de sorte que votre fiche soit remplie, ainsi que le prescrit le règlement. Si vous n'aimiez pas la publicité, en dépit de ses qualités, est-ce que vous pourriez l'aimer malgré ses défauts et d'autre part...

Il s'interrompit et vit que la sorcière le dévisageait d'un air menaçant. Il conclut en traçant une croix sur le papier :

– On s'en fout, vous avez raison, bien que le sujet soit important, n'est-ce pas ?

Il voulut se lever afin de prendre congé, mais ses pieds ne touchaient plus terre.

– Hé ? fit-il, et il avait beau étirer les jambes, ses pieds quittaient le plancher à toute vitesse.

Il rapetissait ! Le plancher s'éloignait de lui sans qu'il pût rien faire ! En revanche, la sorcière devenait géante et, en outre, son rire retentissait comme à travers un haut-parleur de plus en plus puissant.

On frappa à la porte, et un homme entra après que la sorcière eut crié : entrez !

C'était lui aussi un géant, qui portait un sac gigantesque d'où sortit une bête énorme qui ressemblait assez à un chat, même si sa taille en faisait une espèce d'éléphant. Et alors, la sorcière prit le chat et paya le fournisseur. L'homme colossal désigna la chaise où était maintenant le sondeur, pas plus grand qu'un crayon et pourtant vivant, et qui s'accrochait au dossier des deux mains de peur de tomber :

– Je vois que vous vous êtes offert une poupée ?

Compris ? Le conte se nourrit d'un maximum de conjonctions de coordination et de subordination, si possible au moins une par phrase. Pour réussir cette entreprise, il faut inventer l'histoire EN MÊME TEMPS *qu'on sollicite les conjonctions. Essayez. Mais auparavant, pourquoi ne pas vous amuser à bidouiller un texte existant en ajoutant (à propos !) à chaque phrase une conjonction de subordination et la proposition subordonnée qu'elle introduit. Voyez ce que peut devenir le début du* Sous-Préfet aux champs *d'Alphonse Daudet :*

« Monsieur le sous-préfet est en tournée *pendant que sa femme fait le ménage.* Cocher devant, laquais derrière, la calèche de la sous-préfecture l'emporte majestueusement au concours régional de la Combe-aux-Fées *tandis que ses amis disputent sans lui une partie de pétanque à Marseille.* Pour cette fête mémorable, *alors que les marchands de parapluies font brûler des cierges pour qu'il pleuve à Notre-Dame de la Garde,* Monsieur le sous-préfet a mis son bel habit brodé, son petit claque, sa culotte collante à bandes d'argent et son épée de gala à poignée de nacre... Sur ses genoux repose une grande serviette en chagrin gaufré *qu'il regarde tristement parce qu'elle lui rappelle sa grand-mère défunte qui la lui avait offerte pour sa communion...* »

Le jeu est praticable avec des vers, à raison d'une conjonction (et subordonnée) ajoutée par vers, par exemple :

« Maître corbeau sur un arbre perché, *bien qu'il eût le vertige,*

Tenait dans son bec un fromage, *parce qu'il ne pouvait pas le mettre dans sa poche...* »

Continuez !

Pas le temps de lire un livre ?

Offrez-vous une...

COMPRESSION DE TEXTE

– Une compression de texte ? Kekséksa ?

– Un jeu. Pas plus sot que la belote ou le Trivial Poursuite. Il consiste à résumer romans, contes, récits comme on résume les films cinématographiques sur les programmes, en une ou deux lignes. Un exemple ? En voilà trois !

LE PETIT CHAPERON ROUGE

« Pour croquer une fillette, un loup n'hésite pas à dévorer d'abord sa mamie. »

CENDRILLON

« Une souillon épouse un prince grâce à une paire de pantoufles. »

LE PETIT POUCET

« Après avoir causé la mort des filles de l'ogre, un freluquet lui vole ses bottes. »

Amusant, n'est-ce pas. Mais pourquoi? Parce que la compression colle à l'intrigue, alors qu'une bonne histoire ne peut se résumer au « sujet ». Le faire la réduit à ressembler aux productions de quatre sous. Vous connaissez *L'Odyssée*, ce beau poème dans lequel Ulysse erre longuement sur les mers après la guerre de Troie? Alain Paucard le comprime comme suit:

« Un militaire Grec n'est pas pressé de rentrer chez lui. »

On peut comprimer des pièces de théâtre, des bandes dessinées:

LE BOURGEOIS GENTILHOMME (Molière)

« Un drapier se met dans de sales draps pour avoir voulu fréquenter le beau linge. »

L'ÎLE NOIRE (Tintin, Hergé)

« Un jeune journaliste à la poursuite de fabricants de monnaie de singe finit par trouver un gorille. »

Eh oui ! la compression et le jeu sur les mots éclairent parfois l'œuvre. Vous avez lu *Tom Sawyer*, de Mark Twain ?

« Un garnement démasque un profanateur de sépultures et se retrouve emmuré vivant avec lui. »

Je vous cède la place !

Juillet 97
Vendredi
18
Juillet
St FREDERIC
Août 97
Vie de famille
Isidore debout.
Sandra ni oreiller
Laurent Outan fait le singe
et ne dit ni oui Ninon.
Véra soie.
Ines is good for you
mais Emma pris mon stylo
Aimé les pieds sur la table!
Amandine au restaurant et mange
Abel dents. Bruno cru et
Bruno cuit.
Justin mot:
Sylvie, pas besoin de
l'enterrer!
Continuez!

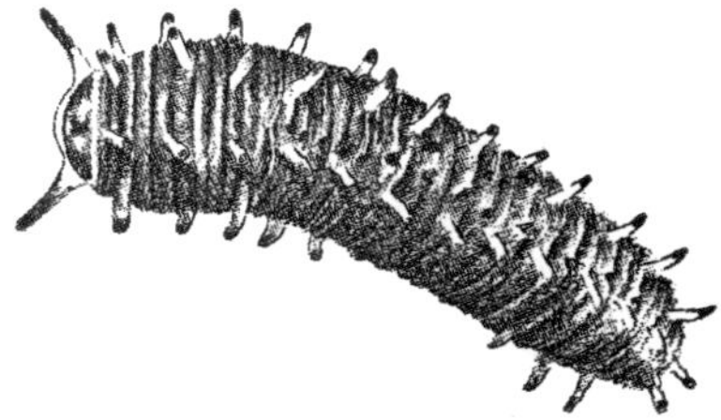

Chers pronoms relatifs :
SUIVEZ LE GUIDE CHEZ GRAND-GUIGNOL !

Mesdames et Messieurs, vous êtes dans la plus grande salle du château. Voici la table sur laquelle la marquise poignarda son frère en 1584, et sous laquelle périt étranglée la seconde épouse du baron en 1603.

Observez à droite le buffet où le comte sanguinaire, qu'on surnommait « l'Ogre », rangeait les couteaux de cuisine avec lesquels il trucida une cen-

taine de marmots. Plus loin, voilà le trône au pied duquel expira le prince une nuit de pleine lune, en 1647. À gauche, vous pouvez admirer le canapé où s'assit pour la dernière fois la comtesse et sur lequel elle s'effondra empoisonnée par du cyanure dans son cacao. Droit devant vous, se dresse le portemanteau massif auquel furent pendus les cousins de Son Excellence pendant la Révolution. Le miroir est d'époque. Et tenez, une curiosité! Les rideaux du lit sont toujours tachés du sang d'un général d'Empire assassiné ici après la chute de Napoléon. Aucun des produits qu'utilisèrent plusieurs générations de femmes de ménage n'a pu venir à bout des taches car elles sont magiques!

Pendant que nous y sommes, je me per-

mettrai d'attirer votre attention sur la pendule dont vous apercevez le coffrage dans la pénombre du corridor. Ses aiguilles s'arrêtèrent lors du massacre des jumeaux princiers par leur nourrice au début de l'occupation prussienne de 1870. Leurs cadavres sont dans la crypte. Le grand coffre à ferrures, sous la baie vitrée, a longtemps renfermé les restes de leur mère et de son chapelain, que le mari avait surpris en conversation galante, et qui en avait pris ombrage. Il les abattit au hachoir. Oui, Madame, c'est affreux. Mais ce n'est pas tout ! Le grand chandelier près de l'armure a servi à assommer le jeune vicomte voisin qui aimait la princesse et qui s'était aventuré dans le château pour l'enlever. Le père, que des indiscrétions avaient averti du projet des amoureux, s'était dissimulé derrière l'armure

qu'on a pieusement laissée à cette même place où elle se trouvait en 1907. Il a massacré le vicomte à coups de chandelier. La jeune fille, qui descendait le grand escalier à cet instant, fut prise de folie à ce terrifiant spectacle. Quelques jours plus tard, elle monta sur le piano à queue que vous avez remarqué dans le salon de musique, et, jetant une corde par-dessus une poutre du plafond, se pendit. Oui, Monsieur, vous avez raison, quelle famille ! D'autant que le père plongea du haut du donjon dans le vide moins d'un mois après. Moi-même, vous l'avouerai-je, j'échappai de justesse en 1923 à la chute du lustre en cristal de Venise sous lequel vous vous tenez, et que mon frère avait saboté. Le lustre s'abattit à mes pieds. Un serviteur, qui me précédait, fut écrabouillé. Mon frère ne lui survécut pas longtemps, hi-hi-hi ! Il mourut d'un coup de pistolet que j'av…

– qu'on avait astucieusement calé dans un tiroir de son bureau, et qui lui péta en pleine tête lorsqu'il voulut l'ouvrir ! Hi-hi-hi-ha-ha-ha ! Pardon. Les bouteilles de bière près de la porte ne présentent aucun intérêt. Elles sont abandonnées par le gardien que vous pouvez repérer ivre mort derrière le paravent.

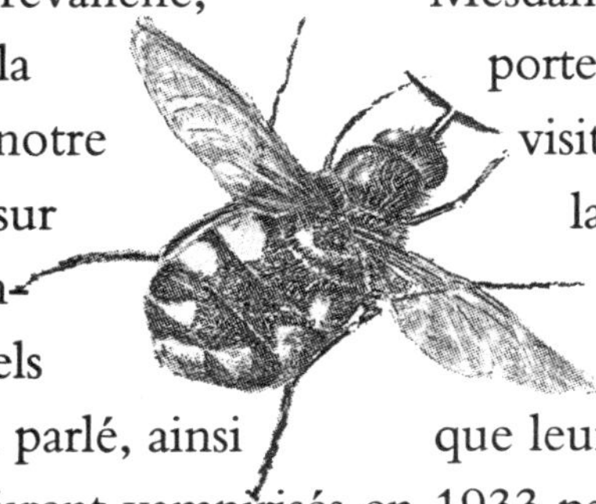

En revanche, Mesdames et Messieurs, la porte, devant laquelle notre visite s'achève, ouvre sur la crypte où sont enterrés les criminels dont je vous ai parlé, ainsi que leurs victimes. Tous furent vampirisés en 1933 par un oncle venu des Carpathes. Ils sortent des tombes au crépuscule, et ne sauraient tarder à se manifester, hi-hi-hi ! puisque le soleil se couche à l'horizon. Hi-hi-hi ! Ha-ha-ha ! Les bruits de pierre que vous entendez résonner sous nos pieds sont causés par le dépôt des dalles de sarcophages. Ha-ha-ha ! Les grincements mé-

talliques proviennent... Attendez! où courez-vous? Ne souhaitez-vous pas rencontrer la famille? Attendez! N'oubliez pas le guide s'il vous plaît!

Un jeu simple, tout compte fait: une grande abondance de pronoms relatifs, sans lesquels on ne retrouverait pas ses petits dans la langue française. Voyez comme ils permettent de mettre un décor en ordre:

UNE PLACE POUR CHAQUE CHOSE
ET CHAQUE CHOSE À SA PLACE

Voilà la table où l'on se couche, le buffet où l'on range les vélos, le parquet sur lequel on fait la vaisselle, l'évier dans lequel on plante les géraniums, le canapé sous lequel on place les

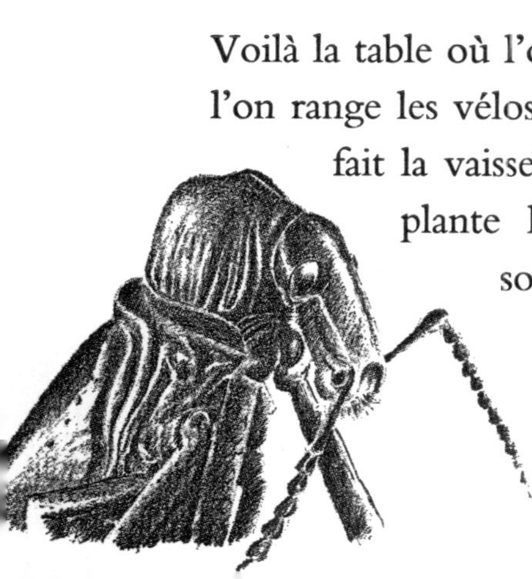

assiettes, le vestiaire auquel on suspend la tondeuse à gazon, le miroir dans lequel on regarde ailleurs si j'y suis, les vases dans lesquels on arrange les parapluies et les pinceaux du grand-père, le portrait d'une tante sur lequel on jette les yaourts, la commode dont les tiroirs regorgent de souliers et de morceaux de pain, les chaises dont les pieds brisés ont été recollés avec du chewing-gum, les rideaux qui servent d'essuie-mains, l'horloge dont les aiguilles ont longtemps tenu lieu de cure-dents ou d'aiguilles à tricoter, avant de finir sous le lit, et le réfrigérateur dans lequel on empile les chemises.

Ah! Le pronom relatif! S'il n'existait pas, il

faudrait l'inventer. Regardez, grâce à lui, nos héros caramboler comme des dominos sur une autoroute !

QUI QUI CARAMBOLE ?

Ali-Baba attrape
Barbe-Bleue qui berce
Cendrillon qui console
Dracula qui dorlote
Esméralda qui empoisonne
Frankenstein qui félicite
Gulliver et Gargantua qui gênent
le capitaine Haddock qui harcèle
Indiana Jones qui insulte
Jason qui juge
King-Kong qui kidnappe
Lucky Luke qui ligote
Mickey qui maudit
les Ninjas qui narguent
Obélix qui observe
Polichinelle et Pinocchio qui punissent
Quasimodo qui questionne
Robin des Bois qui récompense
Spirou qui saoule
Tarzan et Tintin qui tuent
le père Ubu qui use
le Voleur de Bagdad qui venge
Woody Woodpecker qui warrante
Monsieur X. qui 'xcite
le Yéti qui y ***
Zorro qui zyeute Astérix, etc.

Refaites un tour sans moi avec d'autres noms ! Mais d'abord ? Avez-vous remarqué ?

Les verbes commencent pas les initiales des noms des héros, en ordre alphabétique. De sorte qu'on aurait pu faire la même course à l'échalote *avec des noms de métiers – adjectifs qualificatifs et adverbes en prime et sur la même règle !*

Voyez ?

Un architecte audacieux attend aimablement

Une boulangère besogneuse qui bouscule brutalement

Un charcutier charmant qui caresse calmement

Une danseuse dodue qui drague drôlement

Un électricien élégant qui écoute évidemment, etc., jusqu'à Z. (Sautez les lettres difficiles.)

Surcharges relatives

Pour jouer, s'emparer d'un texte (sérieux). Ajouter un pronom relatif et une proposition subordonnée relative à chaque nom (ou groupe nominal) rencontré. Deux exemples, le premier prélevé au dos d'une boîte de comprimés effervescents, le second sur une étiquette de bouteille d'eau.

NOTICE MÉDICALE

« Ce comprimé, *qui n'est guère plus gros qu'un bouton de chemise*, est un médicament effervescent *qu'on vend plus volontiers dans les pharmacies qu'à la poste*. Dans soixante secondes, *que la trotteuse de votre montre égrènera gratuitement pour vous en une minute (approximativement)*, il sera dissous dans votre verre d'eau *sans laquelle vous seriez forcé de le croquer à sec*, et vous l'avalerez facilement ».

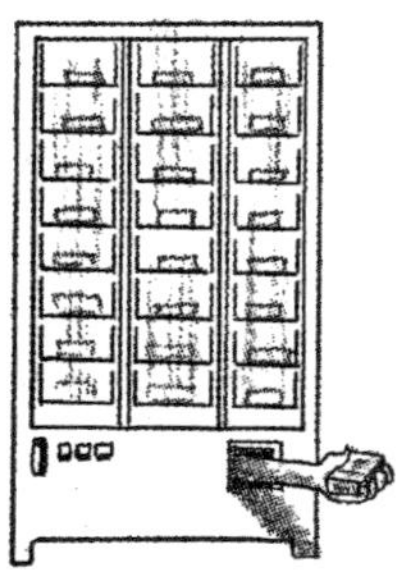

Une eau de source

«Cette eau *qui ne vaut pas un verre de bière*, s'infiltre dans une zone de montagne *où il tombe des cordes*. Son cheminement, *que le professeur Duchnok a eu l'idée de suivre en hors-bord* dans les profondeurs pyrénéennes *où la nature dissimule tant de traquenards qu'il n'est jamais remonté à la surface*, lui confère une pureté *qui ne vaut pas celle de la bière nous l'avons déjà souligné*, et une légèreté *qui lui permet tout de même d'être ajoutée au whisky*, particulièrement recommandées pour la préparation des biberons *que vous avez, j'espère, passé l'âge de téter.*»

À vous de jouer!

Faux ! Faux ! Tout est faux !

VOYAGE EN OKRATIE

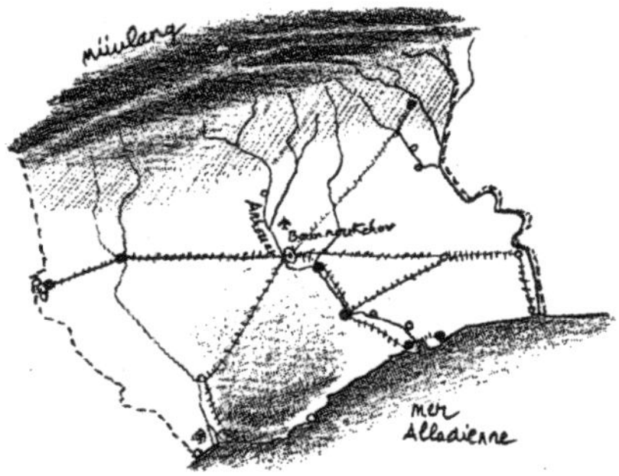

GÉOGRAPHIE : L'Okratie est un petit pays de 25 000 kilomètres carrés, un peu moins étendu que la Belgique donc. Il compte quatre millions d'habitants, appelés Okratiens et Okratiennes. La langue officielle est l'okrate. La capitale, Bournoukchov, est sise à peu près au centre, sur les rives du fleuve Anhouar. Le pays est bordé au sud par la mer Alladienne et au nord par les montagnes du Müulang. *(Continuez. Parlez des villes principales, des rivières, des lacs, des ports, du pétrole, etc.)*

HISTOIRE : La capitale de l'Okratie, Bournoukchov, fut fondée au Moyen Âge sous le règne de Gadarr Ier. C'est la raison pour laquelle ont peut encore y admirer les restes d'un château fort et une magnifique église romane, Saint-Tulpan. La ville fut mise à sac par les troupes de Napoléon Ier en 1806, mais sous l'impulsion du roi Lonarr III, reconstruite. De nombreux palais et hôtels particuliers furent alors bâtis, dont le palais Lonarr du nom du monarque, qui abrite aujourd'hui le Musée des beaux-arts. Pendant la Seconde Guerre mondiale, l'Okratie ayant été envahie par les Allemands, la capitale souffrit des bombardements alliés, une aile du palais Lonarr fut détruite, ainsi qu'un clocher de la cathédrale édifiée à la Renaissance par Gurdjov Höldinn, un élève de Michel-Ange *(Continuez. Datez des événements historiques plausibles. Parlez de monuments et de personnages. Etc.)*

FÊTES : À Bournoukchov, une fête éclipse la fête nationale. C'est la fête de la princesse Alabinne, qui a lieu le 18 juillet. Elle commémore un incident diplomatique survenu au palais Lonarr en 1813, pour la seconde visite de Napoléon. La fille du roi, la princesse Alabinne, refusa de quitter sa chambre pour saluer l'empereur. La situation était tendue, le roi Lonarr expliquait avec embarras que sa fille ne descendait pas parce qu'elle n'avait rien à se mettre. « Eh bien ! Qu'elle vienne comme elle est ou je fais fusiller cent otages ! » répliqua l'empereur furibond. Ces mots rapportés à la princesse (qui, en réalité, possédait des centaines de robes, mais refusait de saluer l'envahisseur) firent qu'elle se dévêtit alors, et, pour épargner la population, descendit le

grand escalier d'apparat du palais (appelé depuis escalier Alabinne) en chemise. Sa vue rendit sa bonne humeur à l'empereur. La princesse fut autorisée à remonter chez elle, et personne ne fut fusillé. C'est en l'honneur de cette demoiselle patriote que la fête, dite parfois «fête de la Chemise», attire une foule de touristes. Mais attention: tout le monde n'est pas autorisé à assister au bal traditionnellement présidé par le roi et la reine depuis cent cinquante ans, et où les grandes dames du pays paraissent toutes en chemise... *(Continuez. Inventez d'autres fêtes.)*

SPORTS : Le sport préféré des Okratiens est le cracher de dentiers. Il est réservé aux personnes d'un certain âge, sans distinction de sexe, et réunit des compétiteurs du monde entier (du mon-dentier !). Ce sport est à l'honneur depuis que en 1943, un Okratien anti-nazi, voulant manifester sa haine de l'armée allemande d'invasion, s'avisa de cracher contre le maréchal Goering. Il cracha si fort qu'il éjecta son dentier sur la poitrine chamarrée de décorations du maréchal. Gnarr Vostrimm, c'était le nom de ce héros, fut

condamné à mort et pendu par les SS. C'est en son honneur que le championnat du monde des cracheurs de dentiers a lieu tous les 24 novembre à Bournoukchov. *(Continuez. Inventez des événements sportifs et des sports.)*

SUPERSTITIONS : Les Okratiens sont superstitieux. S'ils voient une échelle dans la rue, ils font aussitôt le détour POUR passer dessous, au contraire de ce qui se fait chez nous. C'est relativement dangereux pour eux d'une part, puisque en effet des dizaines de promeneurs traversent la rue le plus vite possible sans

souci des voitures, et pour l'ouvrier qui se trouve sur l'échelle d'où il risque de tomber vu le flot humain qui se bouscule dessous.

(Continuez. D'autres superstitions si possible aussi stupides que les nôtres...)

FAUNE : On trouve en Okratie une faune particulière dans les monts du Müulang. Quiconque s'y promène croisera au détour d'un chemin forestier l'eukanaktukudogonok, au nom bien étrange. C'est que ce gros palmipède, couvert d'un plumage duveteux qui le protège des froids hivernaux, se déplace en poussant un cri phonétiquement proche du nom qu'on a fini par lui attribuer. Sur ce cri

d'ailleurs, les avis sont partagés. Selon le professeur Hopfarr, il s'agirait d'un appel d'amour, et le cri s'accompagnerait de trépignements sur la neige, trépignements parfois à l'origine d'avalanches. Pour le docteur Broofmarr, le cri serait plutôt dû au froid, l'eukanaktukudogonok réagissant à l'abaissement de température par les trépignements célèbres, et des battements d'ailes croisées sur les flancs pour réchauffer son corps. Quoi qu'il en soit, n'allez pas parler de manger de l'eukanaktukudogonok aux montagnards du Müulang car cet animal est fétiche. (Il est d'ailleurs protégé des braconniers, ses plumes étant considérées comme porte-bonheur.)

Pourquoi ne pas évoquer encore la culture et les arts, les modes et les coutumes, les proverbes, la flore, etc. ? Des auteurs l'ont fait : Raymond Roussel, Henri Michaux, Italo Calvino, Pierre

Bettencourt. Lisez donc le début d'un récit de « Voyage » de ce dernier « au pays des hommes-bousiers » :

« Ils ont la manie de tout renfermer dans des boules : leurs femmes, leurs enfants, leurs vivres ; boules de toutes les dimensions qu'ils poussent sans cesse devant eux pour se rendre à quelque foire ou pour les mettre en sûreté... »

Ne vous privez pas d'imiter, si le cœur vous chante. (Et dessinez une carte, ça aide.)

Faux ! Faux ! Archi-faux ! (suite)

COURRIER

« Monsieur le Procureur,

Je me serais bien offert une paire d'églandouilles, mais comme je ne sais pas ce que c'est, je suis allée me renseigner auprès du prichodacteur qui travaille à la fergetterie.

Il m'a déclaré que ça venait probablement d'Altipondrie, un pays qui n'existe pas. Il a ajouté que ça ne devait pas valoir grand-chose vu que les Altipondrains s'en servent pour sucrer les rogommidés. Il m'a conseillé de me procurer plutôt une paire d'ultargines que les bourtouilleurs de chez nous emploient à fumer les hillipondices. Je suis donc allée à l'épicerie faire l'achat. L'épicier ne m'a pas servie. Je souhaite porter plainte contre lui.

Veuillez agréer, Monsieur le Procureur, l'expression de ma plus profonde ostilénation. »

Article de presse

(De notre correspondant spécial) :

« On apprend de source sûre et bien informée que chez Madame P., secrétaire du ministre délégué à la cacophonie, ce jeudi 30 février à 15 heures 64, les chaussures ont soudain refusé de rester au placard. Elles auraient, paraît-il, tenté une sortie toutes ensemble. La malheureuse propriétaire, submergée, dut battre en retraite. Elle serait parvenue, à l'heure où nous mettons sous presse, à fuir l'appartement par la lucarne des toilettes. Le gouvernement et le président de la République ont décidé de porter le problème devant le Conseil de sécurité des Nations unies et donné des ordres aux préfets pour la diffusion d'appels au calme sur le territoire national.

La police cerne la villa.

Notre document : un soulier rebelle abattu par la brigade anti-gag alors qu'il essayait de filer par la cheminée. »

BIOGRAPHIE

« Aristide Zinzin naquit dans le train Paris-Marseille, car sa mère se rendait à Brest ce jour-là.

Après de solides études à l'école primaire de son village, il passa quelque temps au lycée Lakondor et obtint son bac par tirage au sort. Il obtint ensuite ses diplômes universitaires en même pas trente ans et alla au bout de ses études : c'est le type achevé de l'universiterminus.

Diplo (docus) mé par ailleurs de l'université Pakontan-Tyrtoi, il est aujourd'hui doyen de l'institut Balà-Brelocq, où il mange comme quatre parce que «la faim justifie les doyens». (Il reste en outre, faut-il le rappeler, le génial inventeur de la roue carrée, qui permet d'immobiliser les véhicules roulants à flanc de pente».)

Histoire de France : les Gaulois

(Un article du Pr Zinzin)

«Le jour de l'an, les Gaulois faisaient monter les druides armés de faucilles aux sommets des chênes. Les Gauloises attendaient dessous, en tendant des draps. L'équipe gagnante était celle qui rattrapait le plus de druides.

Plus tard, après l'invasion des Romains

des villes et des Romains des bois, les Gaulois eurent la folie des grandeurs. C'est pourquoi on les appela les Mégalo-Romains.»

SCIENCES NATURELLES :

L'APPAREIL RESPIRATOIRE

(Un article du Pr Zinzin)

«Expérience : pendant dix minutes, inspirons de l'air, bouche fermée. L'air pénètre par le nez, la poitrine se gonfle. Inspirons maintenant pendant dix autres minutes bouche ouverte, mais en nous pinçant les narines. L'air pénètre par la bouche, la poitrine se gonfle. Inspirons enfin pendant dix minutes bouche fermée ET nez pincé : nos proches appelleront le Samu, ce qui prouve que pour respirer, il ne faut pas boucher tous les orifices à la fois, et que les oreilles ne servent à rien dans ce domaine.

Observons maintenant l'appareil respiratoire. L'air inspiré passe par le nez, la cavité buccale et le pharynx, tandis que le larynx se ferme pour nous éviter d'avaler le chewing-gum de travers. On remarquera la stupidité du mécanisme, puisque entre le FA-rynx et le LA-rynx, personne n'a jamais eu l'idée de nommer SOL-rynx la trachée-parterre. Mais n'insistons pas. L'air nous siffle ensuite dans les bronches. Il vient aux bronchioles pour aboutir à des sacs appelés alvéoles normalement, alvéolcipèdes chez le coureur cycliste.

Signalons enfin que notre poumon gauche a deux lobes tandis que le droit en a trois et que pour des raisons de sécurité, il est interdit de fumer aux toilettes. »

RECORD

(Un article du Pr Zinzin,
dont la devise sportive est connue du monde entier :
Un corps sain dans un porcin.)

CHAMPIONNAT DU MONDE
DES MANGEURS DE MERGUEZ :

« C'est à qui mangera le plus de merguez. Celles-ci sont enfilées sur des ficelles que le concurrent doit avaler avec. Quand il abandonne, il suffit de tirer sur le bout de ficelle qui dépasse de sa bouche fermée pour récupérer la ficelle entière. (Mais les merguez restent dans l'estomac.) On voit sur notre document le champion finlandais Ole Grö-laart en train de régurgiter sa ficelle, qu'un commissaire mesurera. Au premier plan, le

goinfre hollandais Théobald Hépetiliblan continue de manger. Il tente de battre son précédent record, qui était de 13,67 mètres. On peut l'applaudir. »

RECETTE DE CUISINE

(Un article de Marcelle d'Euvélo, épouse du Pr Zinzin)

« Lavez le chat à l'eau de Javel. Préparez le court-bouillon et plongez-y l'animal aux premiers frémissements. Dès la reprise de l'ébullition, arrêtez la cuisson et laissez le chat dans le court-bouillon.

Faites fondre le sucre dans une casserole en plastique jusqu'à ce que l'ensemble (contenu et contenant) prenne une couleur noisette. Ajoutez la rhubarbe hachée et le vinaigre.

Égouttez le chat, enlevez la peau et fourrez de gratte-cul. (Prévoir pour 6 personnes un kilo et demi de chat, et vingt litres de bière.)

Mœurs

Les Plouks ont d'étranges mœurs. Nous en avons répertorié 26 pour nos lecteurs, par ordre alphabétique des verbes.

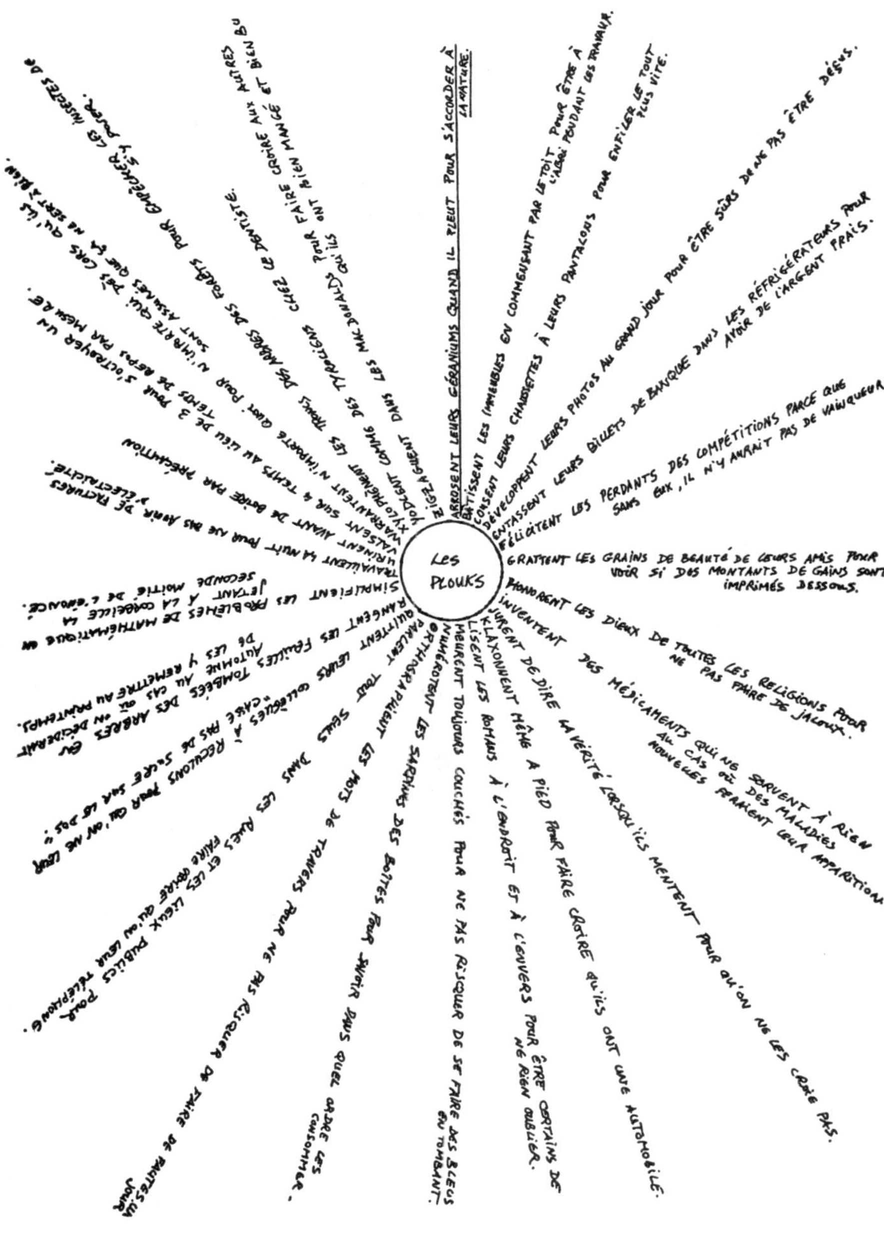
Les Plouks
ARROSENT LEURS GÉRANIUMS QUAND IL PLEUT POUR S'ACCORDER À LA NATURE.
BÂTISSENT LES IMMEUBLES EN COMMENÇANT PAR LE TOIT POUR ÊTRE À L'ABRI PENDANT LES TRAVAUX.
COUSENT LEURS CHAUSSETTES À LEURS PANTALONS POUR ENFILER LE TOUT PLUS VITE.
DÉVELOPPENT LEURS PHOTOS AU GRAND JOUR POUR ÊTRE SÛRS DE NE PAS ÊTRE DÉÇUS.
ENTASSENT LEURS BILLETS DE BANQUE DANS LES RÉFRIGÉRATEURS POUR AVOIR DE L'ARGENT FRAIS.
FÉLICITENT LES PERDANTS DES COMPÉTITIONS PARCE QUE SANS EUX, IL N'Y AURAIT PAS DE VAINQUEUR
GRATTENT LES GRAINS DE BEAUTÉ DE LEURS AMIS POUR VOIR SI DES MONTANTS DE GAINS SONT IMPRIMÉS DESSOUS.
HONORENT LES DIEUX DE TOUTES LES RELIGIONS POUR NE PAS FAIRE DE JALOUX.
INVENTENT DES MÉDICAMENTS QUI NE SERVENT À RIEN AU CAS OÙ DES MALADIES NOUVELLES FERAIENT LEUR APPARITION
JURENT DE DIRE LA VÉRITÉ LORSQU'ILS MENTENT POUR QU'ON NE LES CROIE PAS.
KLAXONNENT MÊME À PIED POUR FAIRE CROIRE QU'ILS ONT UNE AUTOMOBILE.
LISENT LES ROMANS À L'ENDROIT ET À L'ENVERS POUR ÊTRE CERTAINS DE NE RIEN OUBLIER.
MEURENT TOUJOURS COUCHÉS POUR NE PAS RISQUER DE SE FAIRE DES BLEUS EN TOMBANT.
NUMÉROTENT LES SARDINES DES BOÎTES POUR SAVOIR DANS QUEL ORDRE LES CONSOMMER.
ORTHOGRAPHIENT LES MOTS DE TRAVERS POUR NE PAS RISQUER DE FAIRE DE FAUTES UN JOUR
PARLENT TOUT SEULS DANS LES RUES ET LES LIEUX PUBLICS POUR FAIRE CROIRE QU'ON LEUR TÉLÉPHONE.
QUITTENT LEURS COLLÈGUES À RECULONS POUR QU'ON NE LEUR "CASSE PAS DE SUCRE SUR LE DOS".
RANGENT LES FEUILLES TOMBÉES DES ARBRES EN AUTOMNE AU CAS OÙ ON DÉCIDERAIT DE LES Y REMETTRE AU PRINTEMPS.
SIMPLIFIENT LES PROBLÈMES DE MATHÉMATIQUE EN JETANT À LA CORBEILLE LA SECONDE MOITIÉ DE L'ÉNONCÉ.
TRAVAILLENT LA NUIT POUR NE PAS AVOIR DE FACTURES D'ÉLECTRICITÉ.
URINENT AVANT DE BOIRE PAR PRÉCAUTION
VALSENT SUR 4 TEMPS AU LIEU DE 3 POUR S'OCTROYER UN TEMPS DE REPOS PAR MESURE.
WARRANTENT N'IMPORTE QUOI POUR N'IMPORTE QUI DÈS LORS QU'ILS SONT ASSURÉS QUE ÇA NE SERT À RIEN.
XYLOPHAGENT LES TRONCS DES ARBRES DES FORÊTS POUR EMPÊCHER LES INSECTES DE S'Y POSER.
YODLENT COMME DES TYROLIENS CHEZ LE DENTISTE.
ZIGZAGUENT DANS LES MACDONALD'S POUR FAIRE CROIRE AUX AUTRES QU'ILS ONT BIEN MANGÉ ET BIEN BU

Faux ! Faux toujours ! Mais qui croire ?

CITATIONS

Puisque nous en sommes aux mots, pratiquons un jeu qui consiste à attribuer une phrase célèbre à quelqu'un de célèbre... qui ne l'a jamais prononcée. Pour que le jeu de mots soit percutant, il faut procéder à la lettre ou au son près.

COMME DIRAIT, COMME DISAIT

Un exemple. Tout le monde a entendu parler de l'écrivain français Guy de Maupassant. Est-il réellement l'auteur de la phrase suivante :

« Le mot est éphémère, il va, il vient, il s'éloigne » ?

Sûrement pas ! On peut néanmoins feindre de la lui attribuer en détournant son nom, orthographiquement :

« Le mot est éphémère, il va, il vient, il s'éloigne. » (Motpassant)

Ou encore :

« Le mot est éphémère, il va, il vient, il s'éloigne, comme disait Motpassant. »

Voici quelques AFFIRMATIONS CÉLÈBRES – DOUTEUSES :

L'auteur des *« Mémoires d'un âne » est Alphonse Baudet.*

Vrai ou faux ? Faux ! *Alphonse Baudet a écrit « Les Lettres de mon poulain ».*

Faux encore ! Il a écrit *« Les Lettres de mon moulin »*, et il s'appelait *Alphonse Daudet. « Les Mémoires d'un âne »* sont l'œuvre de la *comtesse de Ségur*. Peu importe. À elle, on attribuera un autre roman, et puisque, à ce pauvre âne, il arrive cent misères, risquons :

« Les Déboires d'un âne ».

Difficile à avaler ? Forcément, puisque l'auteur était la *comtesse de Sédur.* Hi-hi-hi.

Allez. Je vais vous donner une dizaine de fausses citations, mais je voudrais d'abord signaler qu'on peut jouer le jeu avec des phrases authentiquement fameuses, comme ce vers de *La Fontaine :*

« La fourmi n'est pas prêteuse. »

En le trafiquant, je l'attribuerai à quelqu'un d'autre :

« La fourmi n'est pas bretteuse » comme disait d'Artagnan.

N'insistons pas. Voici dix exemples :

1. *«Avant l'heure, c'est pas l'heure ; après l'heure, c'est plus l'heure ! » (Jules Retard.)*

2. *« Cette fois, je mets les voiles ! » comme disait Hector Matlot.*

3. *« Je n'ai plus rien à boire ! » (Marcel Padgnol.)*

4 *« Même les nains ont commencé petits », comme disait Naboléon.*

5. *« Je n'aime pas qu'on me prenne pour un imbécile ! » (Henri Pointaré.)*

6. *« Je vous assure que ça porte bonheur ! » s'écriait « la petite marchande d'amulettes ».*

7. *« Je veux savoir où je vais. » (Le sculpteur Houdon.)*

8. *« L'ennui naquit un jour de l'uniforme ôté », comme disait le général de Gaulle en prenant sa retraite.*

9. *« Votre histoire est tirée par les cheveux ! »* *comme disait Michel de Monpaigne à Henri de Monmerlant.*

10. *« Je n'ai pas d'ogres à recevoir de vous ! » (Le Petit Poucet.)*

Vrai ? Faux ? Demandez à vos professeurs...

Puisqu'on nage dans le faux,
les coprolalies…

AUTORISATION PARENTALE SOUHAITABLE
POUR LIRE CE CHAPITRE

Le jeu part d'un mot grossier, et consiste à le déformer orthographiquement de sorte que l'œil ne s'aperçoive de rien. (Pas l'oreille !)

On écrit ensuite en faisant comme si ce dont on parle était autre chose. Voici des exemples :

L'EUPTIKON

L'euptikon est un volumineux instrument de musique inventé à la fin du XVIIIe siècle.

Ludwig van Beethoven en raffolait car, devenu sourd à force de souffler dans son piano, c'était le seul instrument de l'orchestre qu'il réussissait encore à entendre. Il applaudissait les fanfares militaires où cet instrument faisait merveille.

L'AMPAFFET

L'ampaffet est un animal cavernicole aveugle. En 1824, Roland Paderre eut l'idée de suspendre un ver luisant dans une chope de bière vide, inventant ainsi la première lampe de poche. Il s'aventura dans la grotte de Padirac. « Il va se perdre comme un ampaffet ! » s'inquiétaient sa femme et ses proches. D'ailleurs on ne l'a jamais revu.

LES PÉDZOUILS

Les Pédzouils vivaient en Amérique. En 1492, Christophe Colomb en amena plusieurs à la cour d'Espagne. Ils firent sensation. Une danse pédzouille fut lancée. Il y eut une mode pédzouille que les courtisans adoptèrent vite car ils étaient doués, et qui ne tarda pas à se répandre dans toute l'Europe.

LA COUR D'ESPAGNE À L'ÉPOQUE PÉDZOUILLE

LE KOUYON

Le kouyon est un volatile qui perd volontiers le nord. On distingue le grand et le petit kouyon, qui sont aussi kouyons l'un que l'autre. Grâce au professeur Adhémar-Oscar de Tours, la chasse au kouyon fut longtemps interdite. On l'a rouverte parce que les kouyons se reproduisent facilement et devenaient trop nombreux.

L'AMPHOIRE

C'est Louis XIV qui rattacha la province d'Amphoire à la France. Depuis longtemps, les Amphoirais souhaitaient devenir français ou anglais ou n'importe quoi d'autre. Ils firent à Louis XIV un accueil d'Amphoirais lorsqu'il se présenta avant tout le monde, et le Roi-Soleil se déclara fier de devenir le premier Amphoirais de France et de Navarre. «Plus Amphoirais que moi, tu meurs!» aurait-il alors déclaré.

LE SALUT NATIONAL AMPHOIRAIS

Vous rêvez d'écrire des coprolalies? Choisissez un gros mot (appelez vos parents à l'aide). Transformez l'orthographe du mot. Faites-en un personnage, un animal, un objet, ce que vous voudrez, et surtout inventez le texte justificatif, et dessinez les documents. Bon vent!

La rythmanalyse

« Les oreilles ne servent pas seulement à empêcher la casquette de tomber sur les yeux. » (Sherlock Holmes.)

Une sorcière à l'oreille

Il était 8 heures du matin. La sorcière posa son doigt sur une page du *Grand Livre noir des Horreurs* et dit une formule à voix haute. Instantanément, elle se transforma en un minuscule moucheron et fila par la fenêtre en volant. Une seconde, elle flotta dans l'air frais, et piqua soudain droit sur l'épaule d'un individu sur le trottoir.

De là, elle sauta dans l'oreille gauche de l'homme. Or, il se trouvait que le pauvre était sourd, tout le quartier le savait. La sorcière jubilait à l'idée du tour qu'elle s'apprêtait à jouer. Un monsieur approchait, qui demanda :

– Excusez-moi, quelle heure est-il ?

(Une phrase de huit sons prononcés. Comptez : Ex - cu - sez - moi - quell' - heur' - est - il ?)

Le monsieur ne savait pas que l'autre était sourd car il était de passage. Mais la sorcière assise au fond de l'oreille gauche de l'infirme se mit à crier de toutes ses forces dans le conduit auditif délabré :

– Avancez, espèc' de crétin !

(Huit sons également : A - van - cez - es - pèc' - de - cré - tin !)

– Quoi ? réagit le sourd en frissonnant.

Il venait d'entendre et il en tremblait. Des années qu'il n'entendait plus. Il bredouilla :

– Je je… qu'avez-vous dit ?

Le monsieur reprit la parole poliment :

– Je vous demandais l'heure. (Six sons.)

La sorcière «traduisit» à sa manière en éclatant de rire :

– Avancez, imbécil' ! (Six sons également.)

Le sourd ouvrit de grands yeux étonnés. Il avait entendu, mais du même coup, il réalisait que quelqu'un l'insultait.

– Je ne vous permets pas.. commença-t-il.

Et il serrait les poings.

– Qu'est-c'qui vous prend? dit le monsieur. Je vous ai poliment d'mandé l'heur' et vous vous mettez en colèr' ? (Quatre sons, puis dix-sept.)

La sorcière éclata de rire et cria dans l'oreille du sourd :

– Vilain nigaud ! Hi-hi-hi ! J'ai rar'ment vu plus stupid' que cet olibrius lourd et coincé ! Hi-hi-hi-ha-ha !

– Grossier personnage ! protesta le sourd en giflant son interlocuteur, qui s'enfuit à grandes enjambées.

Le sourd était d'autant plus courroucé qu'il entendait rire à gorge déployée sans savoir d'où provenaient les rires. Il dévisageait les passants, les marchands et les ménagères, et pivotait sur place comme une girouette. Mais personne ne riait. (À part la sorcière invisible.)

Cependant, le monsieur giflé revenait avec une dame policière qu'il venait d'alerter.

– Voyons! dit la policière. Qu'est-c'qui s'pass'? (Deux sons, puis trois.)

– Crétin!.. Empoté! traduisit la sorcière en prenant une voix plus aiguë pour imiter la femme.

– Quoi? riposta le sourd furieux.

– Je lui ai d'mandé l'heur'et il m'a frappé! se plaignait le monsieur. (Onze sons, que la sorcière exploita de la sorte:)

– Cette espèc' de balourd est plus bêt' qu'un' oie!

– Expliquez-vous, Monsieur! ordonna la policière au sourd. (Six sons, qui devinrent dans la bouche de la sorcière:)

– Expliqu'-toi, gross' andouill'!

– Attention à ce que vous dites! riposta le sourd autour de qui s'attroupaient les badauds. Je ne vous laisserai pas m'insulter!

– Mais je ne vous insulte pas! protesta la policière ahurie. Je vous somm' de vous expliquer! Pourquoi avez-vous frappé ce monsieur? (Huit sons, puis huit sons, puis dix sons.)

Les gens souriaient. Certains disaient que le sourd n'entendait rien, qu'il était connu dans le quartier, tandis que la sorcière traduisait le discours de la policière:

– Cet individu est timbré!... Il a un vélo dans la têt'!... Ou peut-êtr' un' araignée au plafond!

Elle ne mentait pas tout à fait puisqu'il avait une bestiole au fond de l'oreille. Mais le sourd se rebella. Il aurait fait un mauvais sort à la policière sans l'intervention du public:

– Calmez-vous, Monsieur Albert!

Et à la policière :

– Il y a sûrement un malentendu ! (En effet !)

– D'accord, accepta celle-ci. Emmenez-le…

On entraîna le sourd à l'écart. La sorcière riait et riait tout près de son tympan et le sourd criait à ceux qui l'environnaient :

– Qu'est-ce qui vous amuse ! Qu'est-ce qui vous fait rire comme ça !

Mais personne ne songeait à rire. On mena le sourd boire un café à la brasserie la plus proche. La sorcière alors le quitta.

– Oh ! Albert ! s'écria quelqu'un. Tu avais un insecte dans l'oreille gauche !

Et il essaya de le capturer. Sans succès. L'insecte s'envola en pouffant de rire La sorcière remonta chez elle.

Dans son agenda, à la date du 32 avril, elle traça un bâtonnet au crayon, ce qui voulait dire qu'elle venait d'homologuer son premier méfait de la journée. Vu le format de la page, il faut s'attendre à ce qu'il y en ait beaucoup d'autres avant le coucher du soleil. Je vous conseille de rester chez vous.

Il ne s'agit plus ici d'un jeu de langage ou d'écriture, mais d'un jeu d'écoute et d'observation du langage parlé. Vous avez remarqué que la sorcière (comme pour un doublage de film) prononce le même nombre de sons que sa victime. Le jeu est facile, vous pourrez y jouer. Mais accrochez-vous et réfléchissons : selon le nombre de sons prononcés par un orateur, ce qu'il dit n'a pas la même impor-

tance. Pas la même intensité, même si apparemment il semble indifférent qu'on dise une chose comme ci ou comme ça.

Si votre mère déclare :

« Il va être l'heur' d'aller te coucher » (dix sons),

cela veut dire que logiquement, *il est temps de songer à se mettre au lit. Mais il n'y a pas* exigence. *L'éventualité est envisagée, elle reste* discutable.

Mais que votre mère vous dise :

« Il est l'heur' d'aller t' coucher » (sept sons),

et il faut obtempérer.

Pourquoi ?

Le langage parlé a un fonctionnement aussi simple que la marche. Quelque chose nous pousse à prendre la parole comme on avance une jambe, et l'on met de l'ordre en disant des mots comme on rétablit son équilibre en posant le pied à terre.

Comment parle-t-on ?

On respire. On prononce un groupe de sons associés en mots. On respire encore. Entre les deux respirations, le groupe de sons émis constitue un segment rythmique *du langage. Selon le nombre de sons, la conviction de celui qui parle varie. Ce nombre de sons nous renseigne.*

Quels segments ont le plus de force ?

Il existe deux catégories de segments rythmiques :

1. Ceux qui comportent un nombre de sons qui

ne peut pas *être divisé par aucun nombre, sauf « 1 ». Ce sont les* segments premiers, *constitués d'un* nombre premier *de sons. Les plus fréquents sont :*

1, 2, 3, 5, 7, 11, 13.

Ces segments premiers sont intolérants, sans nuances. Il refusent la discussion, mais soulignent la conviction de celui qui les prononce. Lorsqu'on les entend, il faut comprendre qu'il n'y a plus de négociation possible, que le dialogue se gâte, au bord du conflit – et même des coups de poing !

2. Ceux qui comportent un nombre de sons qui peut *être divisé par un autre nombre que « 1 ». Ce sont les* segments multiples, *constitués d'un* nombre multiple *de sons. Les plus fréquents sont :*

4, 6, 8, 9, 10, 12.

Ces segments restent ouverts à la négociation. Sachez les reconnaître, sachez en user. Ils traduisent un état d'esprit tolérant – mais inversement révèlent un manque de conviction.

Le langage est fait de segments rythmiques premiers et multiples mêlés

Tout le monde a vu le film de Jean Cocteau, La Belle et la Bête. *Voici une scène célèbre. Le père de Belle a cueilli une rose, la Bête apparaît. Le dialogue, tel qu'on l'entend, est le suivant (on trouvera sous les segments rythmiques le nombre de sons indiqué) :*

BÊTE : *Vous avez volé un'rose et vous mourrez / à moins /*
11 — 2
à moins qu'un'de vos fill' / combien en avez-vous ?
6 — 6

PÈRE : *Trois.*
1

BÊTE : À moins qu'un'de vos fill' / *consente à payer pour vous /*
6 — 7
et à prendre votre place...
7

PÈRE : *Mais...*
1

BÊTE : *Ne raisonnez pas / filez /* profitez d'la chanc' que j'vous
5 — 2 — 8
donn' / *et si vos fil' refus' de venir à votre plac' /* jurez de
13 — 8
rev'nir dans trois jours / *jurez*
2

PÈRE : *Je l'jur'/* encor' faudrait-il que j' puiss' retrouver ma
2 12
route/*je m'suis perdu en forêt...*
7

BÊTE : *Vous trouv'rez dans mes écuries un ch'val blanc/ son nom*
11 7
est Le Magnifiqu'/ il n'ya qu'à lui dir'à l'oreill'/ *va où*
8 11
je vais Le Magnifiqu'va va va...

Les segments de conviction, moteurs de ce dialogue, sont les SEGMENTS PREMIERS, *ici en italique. Les autres segments se contentent de les nuancer.*

Jouons *(sans tricher)* avec un exemple.

On vous accuse à tort d'avoir volé le stylo d'un camarade. Vous niez. Quelle réponse choisirez-vous parmi celles-ci ?

A. Je ne l'ai pas volé.

B. Je n'ai rien volé.

C. Je n'ai rien volé du tout.

D. Non je ne l'ai pas volé.

E. Je n'ai pas volé son stylo.

F. C'est pas moi qu'ai volé le stylo.

G. Je n'l'ai pas volé son stylo.

H. Moi j'n'ai pas volé son stylo.

I. Son stylo je ne l'ai mêm'pas vu.

J. Le stylo d'Gérard je n'l'ai pas volé.

K. Je vous jur' que j'n'ai pas volé le stylo d'Gérard.

L. Je n'ai pas volé le stylo d'Gérard ça non.

M. Mais non j'n'ai pas volé le stylo d'Gérard.

Votre choix est fait? Lisez le commentaire page 201 pour savoir jusqu'où l'on vous croit!

Mais est-ce que cela s'entend?

Oui. En parlant, vous révélez ce à quoi vous croyez vraiment, ce à quoi vous tenez. Votre sincérité s'entend rythmiquement, et pas seulement en français.

Tournez votre langue dans votre bouche avant de parler !

Une deuxième épreuve ?

Vous arrivez en classe. Vous n'avez pas fait l'exercice à la maison. Vous vous excusez. Que dites-vous ? (Choisissez sans tricher.)

A. Hi-er soir j'étais malade au lit.

B. Hi-er soir j'étais très malade.

C. Hi-er soir j'étais malade.

D. J'ai oublié d'le faire.

E. Hi-er soir j'étais malade et couché.

F. Hi-er soir mes parents m'ont emm'né à Carr'four.

G. Hi-er soir je m'suis couché j'étais malade.

H. J'avais oublié mon livr' chez un camarade.

I. J'étais malade.

J. J'étais fatigué.

K. J'avais pas envie d'le faire.

L. Hier soir des amis sont v'nus voir mes parents.

M. J'ai oublié de consulter mon cahier de textes.

N. J'avais plus d'feuilles.

Commentaire page 202.

Vous savez ce qui vous reste à faire puisque les sorcières investissent le langage oral? Écoutez les autres. Faites la part entre conviction et absence de conviction, intolérance et ouverture. Tenez-en compte. Les autres vous comprendront mieux et vous les comprendrez mieux aussi.

Une règle utile

Lorsqu'un individu dit quelque chose à quoi il prétend croire, il doit le dire sur segments *premiers*. S'il le dit sur segments *multiples*, c'est qu'il n'y tient pas tant que ça.

Si, inversement, il débite des propos sans intérêt sur des segments *premiers*, méfiance! C'est qu'il cherche à dissimuler quelque chose. (Il ne tardera pas, dans ce cas, à bredouiller.)

Imaginons

que, à la télévision, un politicien déclare :

«Je défendrai le pouvoir d'achat des enfants.»

Il s'agit d'un segment multiple *de douze sons. Solennel. Donc, il fera ce qu'il dit... sauf que ce*

n'est pas dit sur segment premier*, et que en cas de problème, il n'insistera pas. Ne le croyez qu'à moitié.*

Mais qu'il dise :

« Oui je défendrai le pouvoir d'achat des enfants », *il s'agit d'un segment* premier *de treize sons. La conviction est nette, mieux que solennelle Elle révèle que l'orateur se battra pour son programme. Vous pouvez lui faire confiance (Mais, entre nous, je serais étonné d'entendre cela dans la bouche d'un politicien.)*

Si, en revanche, au milieu d'un sérieux débat sur le chômage, il déclare soudain et d'un trait :

« Il fait beau l'soleil brill' les oiseaux chantent »,

ou

« Il fait beau l'soleil brill' les papillons sont éclos », *il s'agit de segments* premiers *(onze et treize) qui posent un problème. En effet, ces segments sont très convaincus. Et puisque le discours s'égare dans des banalités, il ne reste que deux interprétations possibles :*

1. L'orateur cache quelque chose en fuyant le débat.

2. Il croit profondément à ce qu'il dit, il a rencontré une sorcière et il est gâteux.

Salut !

Réponses au jeu : êtes-vous cru(e) ?

Les réponses les plus porteuses de conviction de votre part sont, dans l'ordre :

C, D, B, K, M (sept sons, sept sons, cinq sons, treize sons, onze sons),

puis :

A (six sons/simple), E (huit sons/élémentaire), G (huit sons), H (huit sons), J (dix sons/logique), L (douze sons/solennelle).

On aura plus de mal à vous croire si vous répondez F ou I (neuf sons, multiple instable).

Expliquons : *votre défense est crédible sur* segments premiers. *Elle l'est moins sur* segments multiples. *(Absence de conviction, qui peut en revanche montrer que vous n'êtes pas troublé.) La réponse la moins crédible est celle qui s'appuie sur un* segment multiple *de neuf sons, déséquilibré.*

Réponses au jeu :
quelles chances d'être excusé(e) ?

Les réponses les plus porteuses de conviction de votre part sont, dans l'ordre :

C (sept sons, on vous excusera), K (sept sons, on vous croira, ça se passera mal), J (cinq sons, on vous croira, on n'acceptera peut-être pas l'excuse), G (onze sons, on vous croira), L (onze sons, on vous croira, l'excuse sera plus difficile à obtenir), M (treize sons, on vous croira, on ne vous excusera pas).

On vous croira, mais moins, si vous avez choisi de répondre :

B (huit sons), D (six sons), E (dix sons), F (douze sons), H (douze sons).

On vous croira moins encore si vous répondez I ou N (quatre sons).

On ne vous croira guère si vous répondez A (neuf sons).

Expliquons : *Les réponses sur* segments premiers *portent votre conviction. Que vous répondiez avec une raison valable ou pas, elles révèlent votre franchise. Celles sur* segments multiples *sont moins nettes. Les moins convaincantes sont celles sur segments de neuf sons (bancal) ou de quatre sons (pauvre).*

Du même auteur à *l'école des loisirs*

Collection Neuf

Les « enfantastiques »
Ça alors !
Impossible !
Pas de panique !
Saperlipopette !
Et voilà le travail !
Allons bon !
Quelle affaire !
Mille sabords !
Formidiable !
T'occupe !
C'est enfantastique !
Bizarre, bazar !

Histoires et jeux
La MarmitEnchantée
Moi pas grand, mais moi malin
Les sorcières sont NRV
Les contes du miroir
Le Métro méPAStro
Les sept sœurs Sapins
Le rhinocérossignol et le coca-koala
Un conte qui compte
Petit Homme et les princesses

Collection Mouche

Petit Grounch à l'école
Petit Grounch fait du théâtre
Petit Grounch et ses amis

Mouche et la sorcière
Mouche et la vieille aux cheveux rouges
Mouche et la mère Podcha

Collection Médium

Lumières noires
Moteur! Dernières nouvelles du cinéma

Loi n° 49.956 du 16 juillet 1949 sur les publications
destinées à la jeunesse : avril 1999
Dépôt légal : octobre 2003
Imprimé en France par Bussière Camedan Imprimeries
à Saint-Amand-Montrond
N° d'édit. : 5362. N° d'impr. : 034906/1.

Yak Rivais

L.F.H.É.
la sorcière !

Neuf
l'école des loisirs
11, rue de Sèvres, Paris 6e

L.F.H.É. la sorcière !